遇见，真好

YU JIAN ZHEN HAO

雨儿的世界 ◎ 著

文化发展出版社
Cultural Development Press

图书在版编目（CIP）数据

遇见，真好 / 雨儿的世界著 . — 北京：文化发展出版社，2018.6
ISBN 978-7-5142-2343-9

Ⅰ．①遇… Ⅱ．①雨… Ⅲ．①散文集－中国－当代Ⅳ．① I267

中国版本图书馆 CIP 数据核字 (2018) 第 134237 号

遇见，真好

雨儿的世界 著

| 责任编辑：孙 烨 | 责任校对：岳智勇 |
| 责任印制：杨 骏 | 责任设计：侯 铮 |

出版发行：文化发展出版社（北京市翠微路 2 号 邮编：100036）
网　　址：www.wenhuafazhan.com
经　　销：各地新华书店

印　　刷：北京印匠彩色印刷有限公司
开　　本：889mm×1194mm　1/16
字　　数：200 千字
印　　张：16
印　　次：2018 年 9 月第 1 版　2018 年 9 月第 1 次印刷
定　　价：39.80 元
Ｉ Ｓ Ｂ Ｎ：978-7-5142-2343-9

如发现任何质量问题请与我社发行部联系。发行部电话：010-88275710

前　言

我相信，今生的每一份遇见，都是我们前世的相约。

人生，是一场遇见与懂得。那年那月，遇见你，真好。

人的一生，是一场生命的旅行。一路上，看到很多风景，听说很多故事，经历了人生的悲欢离合，走过了生命里的坎坎坷坷。旅途中遇见的那些人、那些事，不管是痛苦与忧伤，还是阳光与微笑，都将是生命里宝贵的财富。我的生命，因为遇见你而变得美丽丰盈、繁花似锦。

终归有一天，我们都会老去，那时候，会不会记得那些透着岁月馨香的日子，会不会想起我们的初次相遇……多年后，当我老的时候，是不是依然会想起你，想起曾经的点点滴滴，自己会不会泪流满面呢？

我想，应该会吧，因为有一种情感，不管风吹雨打，不管泥泞坎坷，都可以永如初见，那些闪亮鲜活的记忆，从来不会在流年里斑驳。

犹记得，在苍茫的世界里，我们一同走过漫长的岁月，捡拾时光深处的暖，用心体会最浪漫的事就是一起慢慢变老的内涵。

犹记得，那一幕幕一起同行的时光，每一段回忆，都在生命里悄悄绽放出美丽的色彩，如玫瑰之花，芳香迷醉，亦如陈年的酒，醇厚幽香。

时光匆匆，我从来没有忘记你，我愿意在以后的岁月里，寄一份情长，委身于岁月的枝头，让美好的记忆在岁岁年年里真诚剔透，岁月留香。

而今，我默默地将一份过往和曾经沉淀在心底，装帧成一幅清秀的山水画，抬头时，风轻云淡，低眸时，笑如春风。

今天，我想悄悄告诉你：我之所以幸运，不是在最美的年华里遇到你，而是遇到了你，我才拥有了最美的年华……

也许你从来不知道，遇见你，是我生命的春天。遇见你，就如初冬的雪一样圣洁无瑕，是生命对我的厚爱。遇见你，是生命的花朵，每一朵花，都是春天的眼睛，只要美好，就能看到它在微笑。

我还想告诉你：遇见你，真好。在你的春夏秋冬里，有我的一年四季。

我给你的只是一米阳光，你交付我的却是一生的芬芳。

遇见你，真好。一辈子不奢求得到很多，只求一份相知和懂得。

时光荏苒，默默陪伴，那一份心有灵犀的知寒知暖，是无法阻挡的心甘情愿。

若你喜欢，前路无论风霜，还是雨雪，都让我安静陪你走过。

雨儿的世界

2018 年 7 月初

目 录

第一辑　季节深处 >>>>

你是我的江南 / 002

情人节的桃花雨 / 004

在四月的枝头轻轻微笑 / 006

五月，花开为谁 / 007

人到中年，依然温暖 / 009

六月，我揣着一卷童话，来看海 / 011

八月，听山看水好心情 / 014

让所有的美好与希望，抵达你身旁 / 016

今又除夕 / 018

写给我爱和爱我的人 / 020

情　书 / 022

不再年轻，也挺好 / 025

握住你的手 / 027

母亲，是五月最美的温柔 / 029

走近父亲 / 031

情人节里最温情的对白 / 034

陪　伴 / 036

每次想到你，我都会露出幸福的微笑 / 038

我的姐姐 / 040

六月里最厚重的深情 / 042

清明，那袭清愁，那抹情怀 / 044

戒　烟 / 046

幸好有这样一个母亲节 / 050

写给陪我共度一生的人 / 052

我与父亲 / 053

第二辑　遇见最美的你 >>>>

三生三世，十里桃花 / 056

在最好的年华，遇到最美的你 / 058

感谢你，这么多年，依然还在 / 060

心中的图腾 / 062

就这样静静地想你 / 064

我们说好牵手一起走的 / 066

你是我最美丽的等待 / 068

如果你再也找不到我了 / 070

让我们做心灵的知己，好吗 / 072

如果有一天，我们再度重逢 / 074

与你相识，是一种缘 / 076

一路上有你 / 078

千里之外 / 080

你是冬天里飘起的一片洁白 / 082

陪伴才是最真情的告白 / 085

认识你，真好 / 087

紫嫣，紫嫣 / 089

陪儿子高考 / 093

感谢生命里的遇见 / 096

那些闪亮的日子 / 098

第三辑　岁月留香 >>>>

女子，一生中也要醉一次 / 102

感谢在你的世界里最真实的那个人 / 104

所有的感情，死缠烂打终归不是最好的方式 / 106

做一个明媚幸福的女子 / 108

我想对男人们说 / 110

有这样一些女子 / 112

我俗，却无关风月 / 114

有些失去，不是不懂珍惜 / 116

生活情趣（片段）/ 118

在未来的岁月里，与你相守时光 / 122

幸　福 / 124

生命里的春天 / 127

该用怎样的光阴，重温一次与你的初相遇 / 129

经历了，才会成熟 / 131

与春天相约 / 133

我想和你在一起细数光阴 / 135

有一种距离，让岁月悠长 / 136

在文字里，像山风一样自由 / 137

行走在文字中的女子 / 140

如果人生不曾相遇 / 142

心中的那片海 / 144

人到中年，不话沧桑 / 146

第四辑　飘在天空那朵云 >>>>

不曾衣锦，依旧还乡 / 150

苏州印象 / 153

出行五百里 / 159

北方的江南水乡 / 160

老　屋 / 165

棕香，我浓浓的深情 / 167

冬至，邂逅一份美丽 / 169

魂萦千里，梦回扬州 / 171

旅行，是一种孤独在行走 / 176

我在北方的冬天里，想念南方秋天的你 / 178

姑苏城外那朵云 / 182

八年的爱，恰似岁月的温柔——写给扬州瘦西湖 / 184

美丽的塞罕坝 /188

老家院子中的那棵枣树 /191

第五辑　好好生活好好爱 >>>>

五月的青春 /194

孩子，原来我只是心疼你，却不懂你 /196

中学时代的日记 /202

梨花情 /204

孩子，我多么害怕你早恋 /206

栀子花开 /212

一封家书——写给我的孩子 /214

那一年，是1997 /217

相约一段斑驳青春时光 /219

发小的情意 /222

好好生活，好好爱 /225

生命，也是一种漫长旅行 /227

爱与爱情 /229

我会习惯没有你的孤单 /231

爱情与婚姻 /233

翻过那道心墙，满是美好与阳光 /235

让阳光的情意温暖每个日子，将幸福继续 /237

感谢自己 /239

经历了才知道 /241

幸福，一直就在路上 /243

给生活一份挚爱 /245

第一辑

季节深处

你是我的江南

在这个季节，我总想抓一把桃花，撒在往事如雪的路上，那些潮湿而温暖的心事，会泛起层层涟漪。那一处处编织着美好幸福的梦想，像一篇篇童谣，在四月的天空里随风飞舞。

我的记忆，是属于江南的。

每当想起江南，你的身影会从时光里轻轻掠过，弥漫着缕缕馨香，那些鲜活的记忆，就像烙进了岁月的轨迹，留下了一处处温暖。

江南的记忆，在生命里，总是涌流不息的生动。那些青涩而淡淡的回忆，无论花开花落，都是一种圆满而醉意的歌声。

四月的江南，亦是一树一树的花开，美丽，在阳光下悄然生长，充沛着生命的诗意。

那天，你说：你是我生命的一树花开，是我最美的四月天。

那天，你说：你的微笑，总是不约而至。而每一次抵达，都是满眸惊艳，每一次到来，都是永如初见。时光可以变老，爱情可以变淡，而你内心最纯洁最柔软的地方，在我的视觉里，永远像玉兰花开，柔情似水。

你温情的话语，就是我念念不忘的江南词句，在漫长的岁月里，终成为我一往情深的童话。

四月，是温情的，美好的，有着春心萌动，也有着万种风情。

还记得，那年的春天，我们一起漫步姑苏，姑苏城外的桃花，开得异常浓烈。大片大片的红，迷蒙了我的眼睛，染红了我的脸颊，还有我的深情。

还记得，那年的四月，我们去扬州瘦西湖，走上古色古香的小桥，欣赏小家碧玉的园林，潺潺流动的河水，清澈了我的眼眸，温润了我的心灵，还有我悠悠的温情。

  还记得，我们走在杭州西湖的清幽小径，走在千古风情的宋城老街，两颗心在千尺深的桃花潭里重逢，在婉约的江南水乡，折叠成一生的信任和真诚。

  还记得，你送我一把油纸伞，虽然你从来没有说过伞的含义，但是，我想告诉你，你已经言说的，我懂，你不曾表达的，也一直在我心中。

  花自飘零水自流，一种相思，两处闲愁。

  每到四月，总会想起你，想起有关江南的悠悠往事。

  江南，是我的梦。我知道，无论天涯海角，我都走不出它温婉倾城的暖，即使沧海桑田，它都是我一生一世的眷恋。

  而今，我在江北的岸边，抖落一身的疲倦，忘着远处的绿水青山，轻吟一句"但愿人长久，千里共婵娟"……

情人节的桃花雨

　　总是喜欢用冰清的文字，抒写玉洁的心思，当那曼妙的心事一瓣一瓣地下，就会下一场情人节的桃花雨。

　　我写的文字总是与爱情有关，与春天有关，与大海有关，与情意有关。其实，我知道，我写的只是一种心情，一处心境，甚至是一个幻想的影子。

　　我写的心情总是潮湿温暖，我写的春天总是五彩斑斓，我写的爱情深情浪漫，我写的文字明媚万千。

　　我真的愿意有这样一个人，与我静守流年。

　　你是我的一滴水，畅快地流动在江河湖海，尽情地感受着每一份精彩；你是我的一棵树，安然地挺拔在街巷山峦，默默地体味着每一寸纯粹。你热爱生活，崇尚自然；你追求快乐，固守简单。你以云卷云舒的智慧，品味着人生的美好；你以花开花落的豁达，感受生命的丰盈！

　　我喜欢在文字里，水墨情意。捧一怀阳光的心意给你，以柔软的情思轻轻地触动你心底的情怀，让那些美好的日子，净澈琉璃。

　　我喜欢在烦恼迷茫之时，与你觅一处静隅，赋一阕唐风宋雨，不为附庸风雅，只为寻求心灵的安逸。

　　我喜欢与你漫步在海滩，想借一缕海月光，用细腻温柔的话语吹暖你心中的每一层构思，让那蔚蓝的海洋，明媚你整个春天。

　　一直希望有一天，我们悠坐沙滩，在美丽的春光里细点清欢。聆听着大海的涛声，就像山泉般潺潺流淌的音乐，在这样的情境中，与你一同体会人生的清净与淡然，你说：这是不是一种美？

　　一直希望有一天，我们在繁忙奔波之余，喝一杯清茶，掬几许闲情，吟几句别人看不懂的朦胧诗句，不为虚伪的雅趣，只为清澈心灵的沙泥，你说，这是不是一种醉？

其实，我真的不知道该用怎样的彩笔，描绘藏在春花秋月的你。我只是听说世界上只有一种东西可以永恒，那便是心心相印。真情，是命运让我给你的唯一献礼。所以，让我们在爱的天空下，寂静相守，默然欢喜，像海燕一样不要停下飞翔的羽翼，永远不要轻言放弃和别离。

在这玫瑰盛开的日子里，我在遥远的南方，一个叫作天涯海角的地方，给你写下这封情书，让你知道，沧海桑田，一山一水，都是我的漫山遍野的情话。

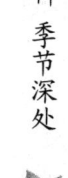

在四月的枝头轻轻微笑

　　循着三月的花香,四月,迈着优雅的脚步向我们走来。春回大雁归,春暖百花开,四月,你是这样的蓬勃,朝气,靓丽,年轻。

　　你看,就这样,我微笑着拥你入怀,与美好相拥。我才知道,我是那么想四月的温情。

　　四月,你将风儿银铃般的笑语,传遍世间的每个角落。我张开双臂,拥抱你粉红色的酒窝,欣赏你清澈无瑕的眼睛,还有你灿烂而纯真的笑脸。

　　四月,把你的小手伸给我,我牵着你,穿越山峦,走过平原,与一场小雨相遇。细碎的雨花洒在脸上,像天使的泪,落到哪里都是一种美。

　　走进四月,看山间桃花,闻知音欢笑,想一种宁静细碎的温柔。温和的风,如水莲花的丝丝娇羞,渲染了每一寸轻柔。

　　阳光很暖,从林缝间射过来,洒在葱茏的银杏树上。摘一枚银杏叶子,偷几缕温煦的阳光,藏在怀里。就像珍藏起一袭江南烟雨的韵味,珍藏起一抹真真想念的情怀。

　　四月,你听到我的心声了吗?我看到了你的欢笑与洒脱,幸福与温馨。你知道吗?有你在,我的生命里满是花的芬芳、满是雨的清新。

　　四月,你感受到我的相思了吗?我感受到了你的气息和温暖,美好与清新。风装着我的心语,载着我的思念,飞向大海,飞向蓝天,飞向离你心脏最近的地方。

　　四月,就在你和我距离最近的地方。我又一次想起了曾经的繁华,想起了那年那月的三月烟花。于是,我将诗笺轻轻铺展,让经年的往事,碎成一路的马蹄。让所有的梦想在你的眼睛里苏醒。让你兰花般的微笑,在四月的情怀里,悄然绽放。

五月，花开为谁

一、爱情

爱情，是一束宁静纯真的百合，是一株守望幸福的木棉。

我是在五月花开里等你的人，情愿为你写下一世的诗行。

当大地刚刚苏醒的时候，我亲手为你种植了一粒粒种子，种下一切与爱情有关的植物。芍药，茉莉，玫瑰，满天星，还有，阳光下的美好。

阳光下，采一束芸香草暖与薄荷的清凉，伴着玫瑰的芬芳，为你写下一段不老的传奇。

我在飘逸着满天星的流年里，看过驿路梨花，走过姹紫嫣红，而我的灵魂，只愿为你放逐。

在那无数个清新的黎明，我们一起倾听晨钟的敲响，在多少个人间的向晚，一同感受落日的黄昏。如果爱情是一座城，我愿是无倦的工匠，一砖一瓦垒就爱情宫殿的富丽堂皇。

背上行囊，依然携手走在万丈红尘的路上。

二、友情

友情，是一株春天常驻的常春藤，是一棵优雅圣洁的君子兰。

我穿越了时光的隧道和往事的风尘，看见一朵清澈友爱之花，永不凋落，在宁静中守候花开花落，轻轻微笑。

循着青涩的春藤枝蔓追忆以往的时光，那些美好的片段，在寂静的时光里蔓延开来。我清澈的心灵，为你开敞一扇真诚的窗，在五月的花海里自由自在地徜徉，把点点滴滴的情谊，酝酿成最美的诗句，给你。

山一程水一程，那份情谊是一株自由漂移的水草，依附在时光的柔影里波光粼粼。

走一路伴一路，这份温暖像五月绽放的槐花天使，在记忆深处，四溢飘香。

我们的友情，不谈长相厮守，不论明月清风，却可以清泉煮茶，曲水流长。

我们的情意，可以同品一盏人世间的雨润山青，共拥一份天地间淡定从容，可以寻一袭烟火，平平淡淡，不言地久天长。

是谁说过这样一句话：有一种友情，比时光短，比爱情长。

三、亲情

亲情，是一朵开在时光深处的康乃馨，是一株伟大而阳光的向日葵。

这是一座由血缘而铸成的坚实古堡，是一块巨大而牢固的磁石，是一条在血脉里源源流淌的河流，是一方没有任何私欲纯洁高尚的圣地。

即使我远在天涯海角，有亲情在，于我，无惧风雨，亦是心安。

五月，母亲节，想起母亲，与我今生血脉相连的人，无论何时何地，无论怎样的境遇和心情，无论荣华与清贫，无论快乐与忧伤，只要想起她，都有一种慈祥而伟大的爱可以温暖我。

我深深地懂得，陪我一生的、最难以割舍的就是这一份永恒的厚重。

我一直在想，我的人生之所以美好，在于生命的底蕴里，始终流动着最纯粹的感恩和思念。今天，我将浓重的亲情倾注于绚烂的夏花和静美的翠绿里，不再忧伤，因为我已经在日久天长中深深感悟到，母亲将生命的宠爱恩泽于我，就是想让我的生命拥有一片明媚的阳光与微笑。

因为母亲，我知道爱惜生命。因为亲情，我懂得恩重如山。

四、五月花开

我站在五月的天空下，将爱情、友情、亲情的至美情怀，编织在清欢里，里面装满五月鲜花、草香、明月和星光，纵使时光老去，依旧芳香永恒。

人到中年，依然温暖

又将是一年，却发现，不知不觉，人到中年。

人到中年，该释怀的释怀，该放下的放下，不要再为难自己，委屈自己，不要再逞强，不要再纠结。你已经过了任性的年龄，生命已经由不得你再去糟蹋。如果你不爱惜自己，又有谁会真的在乎。

人生终归有太多的不如意，不必太在意。一个人生活在这个世间几十年已经很不容易，何苦让快乐远去，何苦不去珍惜。这些道理，我们都知道，也都明白，可明白和知道并不等于不去一次次地自讨苦吃。

人到中年，不要再去较真，徒然伤了自己，痛了别人。受伤时，抬头看看蓝天，天空依然是如此的湛蓝，仰望一下高空的太阳，阳光依旧明媚温暖。其实，我们应该要知道，不是这个世界亏待了我们，是我们要求的太多。不是生命里终有多少个劫难，是我们不知道释然。

又是一年，有些人，该原谅的原谅，有些事，该过去的过去。不是一个人不容易，每个人都不容易。

人到中年，要知道体谅别人，要懂得换位思考。在一件事情上不要认准自己永远是正确的，更不要揪住别人的一点过错而喋喋不休，宽容是一种美德，也是人生的一种境界，不懂得宽容别人的人，永远不会快乐和幸福！

又是一年，你要懂得感恩，感恩对你好的那些人。明白知恩图报，父母的养育之恩，爱人的真爱之恩，家人的疼爱之恩，老师的教育之恩，朋友的帮助之恩，这些人，都是我们生命中的贵人，今生，我们能成为亲人，爱人，师生，朋友，下辈子，不一定能够遇见。

人到中年，明白了人生路上，不是一帆风顺的，也会遇到坎坷和风雨，也会有误会和伤害。但是，正是有了这些逆境与经历，才更值得我们去拥有和珍惜，这何尝不是生命中的宝贵财富呢？

又是一年，走过不少路，看过很多风景，却无法将人生看透。其实，人生，就是一部书，有赏不完的风景，念不完的憧憬，走不完的路程。

人到中年，要深深懂得，面对真情，不能任性；面对光阴，不能挽留；面对昨天，应该从容；面对明天，心怀希望；面对生命赋予你的丰盈与瑰丽，面对人生际遇的起起伏伏，要简单而坦然地面对。

虽然，生命中，总有一些东西，会随着岁月流逝，再也无从记起。却也总有一些东西，比如情意，不管岁月如何变迁，四季如何轮回，都值得珍惜。

以后我们要做一个温暖的人，温暖人生，温暖生命，温暖慢悠悠的岁月。

人到中年，不忘初衷，真心待他人，我心换你心。

六月，我揣着一卷童话，来看海

如果我在海边有一所房子多好，可以凭海临风，望月吟梦，泼墨品茗，写意抒情。

——题记

一

我从五月的花香一路走来，揣着一卷童话，安静地踏入了六月的海。

六月，在北方，不是看海的最佳时机。可是在我心里，六月的海应该是纯净的，安静的，柔软的，少了些许喧嚣与燥热，多了一份沉静和清纯，这，更是我向往的那片海吧。

心中的那片蔚蓝，依旧倚在一片艳阳里，向我招手。我禁不住情感的诱惑，毅然决然去看海。

于是，在这个六月初的日子，我踏上了北上的列车。尽管我不知道，海究竟能带给我什么？还是能带走我什么？也许我是喜欢它的神秘与庄严，欣赏它的博大与纯净，挚爱它的咆哮与平静……或许只有在海边，我才能感悟到生命如海、人生如海的深刻。因为我知道，在我们的生命里，总会有一些浪花、沙粒、贝壳、海鸥、海藻……以此来点缀我们七彩的生活，丰盈我们美好的人生。

也许我本就是沧海一粟，是大海中的一滴水，无论何时，它都是我始终如一的归宿。

不要问我此刻在想些什么，其实我不告诉你你也应该知道，不要问我此时憧憬些什么，其实我所钟情的只是平凡和真情。

二

买票，上车，启程，我一个人安静而坦然地做着已经不是第一次这样的程序。我知道我并不孤独，车窗外一处处的绿水青山，处于烟雾迷蒙中的幽幽远山，是一路沿途最美的风景。

喜欢清静的海边，喜欢安静的沙滩，就如我喜欢一个人看海天一色、听排浪声声一样。

我喜欢随性自由的生活方式，所以我不喜欢随团旅行，就如我不喜欢去大型的海滨浴场一样。

伫立在岸边，我看见，一望无际的远方，大海和天空牵着手，相融在一起。

飒飒的海风，吹起我的长发，些许潮湿和腥味扑面而来。远处的潮水一浪推一浪，一排排白色的浪花时而汹涌，时而温柔，时而张扬，时而羞涩……这卷卷浪花，带给我多少温馨的梦境和美好的遐想啊。

当下的时节，其实还不适宜下海，可是我还是换了泳装，下海了。

海水有些凉，我终于和海融为一体了。海水咸咸的，一层层的巨浪打在我的肩上，脸上，我开心地大声地笑着，尽情享受着海的浪潮带给我的刺激。海浪一次次把我推向海的深处，又把我推向岸边……在海里，我任由炽热的骄阳亲吻我洁白的皮肤，我的心在那一刻是兴奋的、张扬的、畅快淋漓的。

累了，选择一处较为清静的海滩，烈烈的阳光下，坐在柔软温热而略带潮湿的沙滩上，捧起心中挚爱的沙，此时，我的眼睛湿润了，我才懂得，我捧起的是我满手的幸福啊！我凝望着这一捧沙，舍不得一粒沙从指缝间溜走，我要把它带回家，安放在我那个精致的盒子里，把幸福一生珍藏。

在沙滩上，我用食指一笔一画写下一个字，瞬时，排浪涌上来，我刚刚写的字迹瞬间被海水掩没了，了无痕迹。我却轻轻地笑了，毫无伤感，因为我知道，有些东西，有些情感，有些人，就如这个字一样，已经雕刻在心海里，任雪雨的吹打，它依然滋长在不卑不亢的心底，与岁月，与生命，不离不弃。

三

拂晓，我的心情滴下晨曦。海风，朝霞，排浪，岩石，沙滩，渔人，一起急匆匆地赶海。我想，人生，还有比这更为精彩生动的画面吗？一种久违的感动，袭上心头。

迎着朝霞，再次来到海边。静静地伫立在朝阳里，感受那种神圣、那种静谧，还有一份敬仰与浪漫的美好情怀。

我一手提着鞋子，光着脚丫，走在清晨的沙滩上，沐浴在阳光里，低头慢慢行走。此时，海浪冲上来一只纯白色美丽贝壳，小小的好精致哦。我捡起来，它身上还带着刚从海里带上来的沙粒，我拿着它在海水里轻轻地洗干净……而后，我又发现了一个非常别致的贝壳，这个贝壳，竟然像一对情侣，相互偎依，相互缠绵，那种温馨，那种意境，真的让我万分惊奇，感叹大自然创造出如此精美绝伦的作品。突然发现，捡拾贝壳是一件多么快乐与幸福的事情啊。

渐渐地，我发现了一个又一个不同颜色、不同花纹、不同形态的贝壳，它们被我当作宝贝一样装进了我那小小的背包里。

后来，我还捡到了各种颜色的小小石子，有的透明如玉、光滑细腻，有的纹路鲜明、质感圆润，像雨花石一样美丽而且富有想象力。我想，这些石头，一定是历经千年风雨的打磨，看尽人类世事的沧桑，穿越了千古，奔我而来。它的前世，或许是一座山或者一块顽石，或者是随神瑛侍者入世幻化为宝玉口中的那块通灵宝玉。这，是冥冥中注定的一种遇见吧。

我知道，我捡拾的是一份纯白的情意，还有时光的落英里洒下的幸福光阴。

四

我是一个幽居京畿多愁善感的女子，在海边没有一所房子，没过过面朝大海、春暖花开的日子，却喜欢用柔柔的肠子，写点婉约柔情的句子。将我的期待折叠成春天的仙子，穿上那飘逸长纱的裙子，听海望云看燕子，然后捧一把海月光洒下的星子，作别空等老去的日子。

如果我在海边有一所房子多好，可以凭海临风，望月吟梦，泼墨品茗，写意抒情。

我想，前生我一定是将一对眸子掉进了海里。今生，我的眼中才会荡漾着海水蓝天，使我的世界里有海，只有海，有且只有。

我爱那片海，那里是浪花的舞姿，是海鸥的翅膀，是贝壳的眼波，是渔人的沧桑。

我要回去了，而海的深刻，落在我心灵深处，温润我生命旅程。我用最深情的目光，仰望最深的一片天，看最白的那朵云，灵性的海，把我心中的情思引上中天。

等我，海，我还会回来的。

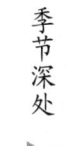

八月，听山看水好心情

那天，我说：我想去一个地方。那个地方，的确让人很向往。有花有草有彩蝶，有山有水有蓝天。

那一天，我真的来到了这样一个地方。没想到这么快实现这个愿望。

其实，生活中，幸福往往总是来得很突然……

那时，正是骄阳似火，我们却兴致正浓，骑在马背上，热辣辣的阳光照在我的身上，能感觉出它炙热的温度。马儿慢悠悠地走，我慢悠悠地唱。

来到一片空旷的地方，这是一处天壤相接的山峦和草地，她不是世外桃源胜似世外桃源，山坡上长满了养眼的绿草，其间开满了五颜六色的小花，我在花草间奔跑，伸出双手拥抱蓝天和大山，陪伴我的还有飘逸洁白的云，它像棉絮，像山峦，像薄薄的纱，各具形象，惟妙惟肖。

采一束花儿香草，抱在怀中，如同拥抱着大自然的春天。我的微笑漾在脸上，遥指远方，那里就是幸福的海洋。

坐在草地上，信手拈一朵不知道名的小花，闻一闻它在山间被大自然山水养育的原汁原味的花香，听到山风在呼唤，云儿在歌唱。

夕阳下山的时候，走在小路上，在这个寂静的山里，有鸟鸣，有风声，最动听的是拴在马儿头上铃儿叮当叮当的声音，这些马儿，晚上也不回家吗？

住在农家院，不是很奢华，倒很干净。麻雀虽小，五脏俱全。

居住的屋子后面有一个院子，院子很空旷，也很干净，站在院子里，就能看到层出不穷远山，朦朦胧胧的山岚，血一样红的夕阳，还有围着大山一圈一圈不规则的草坪。

山里的月亮好大，好亮。皎洁的月光，安静的院落，大红灯笼高高挂！

日出是一定要看的，走出屋子，天还没有亮，摸着黑深一脚浅一脚爬到山顶。原来，步行到山上，等待日出。原来山上看日出，与海上看日出，是完全不同的。太阳从山下慢慢从云朵里升上来。晨风中，我想将朝阳放在花朵上，在万道霞光射过来的那一时刻，我捕捉住一个美丽的瞬间。

从不知道为什么我会如此热爱大自然的一草一木，爱这一片风景，一处落花，一个落日，一片朝霞。

还有那一片云，一袭风，一滴雨，一山，一水，一心情！

让所有的美好与希望，抵达你身旁

推开窗，阳光妩媚，十二分的晴朗。

关上窗，打开门，走出今天，已近六月的末尾。

每个月初，都要写一篇关于季节、关于月份的零星碎语。而这篇七月絮语，姗姗来迟，就像一树花开，本已冉冉升起的一朵朵香艳，本已散发着夺人心魄的光晕和沁人心脾的清香，却在雨后清风徐徐吹来的时候，花瓣未能缓缓开启，心，些许失落的同时，更多了一份等待与期许。

等待，牵着我走了一千零一夜，它载着我的梦想与相思，在灵性的想象和透着光亮的心海徜徉。

在这份等待里，我看见，六月，轻轻地走，七月，已在悄悄地来。我倚在一棵桂花树下，期待如约的花期。

你可否看见，那一树花香，将大片大片的记忆种进七月的土壤里，携着阳光雨露，把缤纷的诗意做成了梦中的月亮和风中的花瓣。在雪染黄昏的场景里，用心血和汗珠抒写着寓言。在心灵花园里装扮成了生命中最美的风景。

我醉在梧桐硕大的绿荫里，送你一抹婉约动人的微笑。让心中的美好和希望，抵达你的身旁。

在这份美好里，有一个声音从遥远传来。

那个声音，是远离凡尘的箫声从夜半的钟声传来，掀起缕缕不绝的余音。那个声音，是脚印磨亮了梦乡从戴望舒的"石板路"踏歌而来，穿过了江南的烟雨小巷。那个声音，是在灵魂的故乡从高高的树梢上射下来，挑起的一抹水月光；那个声音，是风儿穿过细雨从别致的小花伞吹来，在唐诗宋词里低吟浅唱。

那个声音，那是花开的声音，花儿绽开了明媚的微笑。多想，携带着一卷童话，站在山巅之上，看山河的壮美。

在时光一隅，静静地端详着一卷青山，重叠在心里的影子，一次次化成痴痴地期待，那期待，早已定格成真挚的相逢。

你知道吗？我愿意在这样的温暖里与你拥有一份懂得与相知，尽管远隔万水千山，即使不曾见过你的容颜，但是，我们依然会在一片芳草萋萋里读懂一种蓦然的欣喜与感动，那么，总会有一份相知相惜的情愫在刹那间萌生，那颗沉睡已久的心灵会在蓦然间苏醒……

而今，我终于抖落了一身的疲惫，将今生里所有的美好与希望，像蝴蝶一样翩跹在你的梦里。我相信那一树花香，一定会载着雨露清新，飞过千山万水，飞过雨雾苍茫，飞到每一处阳光明媚的地方——抵达你的身旁。

今又除夕

　　今天是除夕，每到除夕，我的心里，满是牵挂。

　　除夕，对于我来说，也是一份永久而缠绵的回忆。

　　想起小时候除夕，我会早早地穿好妈妈为我做好的新衣裳，会在一个口袋里揣好爸爸给的几块压岁钱，另一个口袋里装上几块糖，会找邻前屋后的伙伴玩耍，从这家串到那家，从那家跑到这家……

　　除夕，爸爸总是煮肉熏肉，妈妈做上一锅白花花的馒头，晚上，妈妈做上一顿可口年夜饭，摆弄几个小菜，爸爸喝上几口。虽然不是很丰盛，但是每每想起，依然津津有味。

　　那个香啊，是几十年积淀的岁月散发出的暖暖沉香……

　　最快乐的，是盼着除夕的傍晚快点来临，那时候，妈妈就会为我点上带蜡的小灯笼，我打着灯笼，去找冬梅、秋菊，去找春玲、金花，去找昔日里玩耍的伙伴，每人都打着颜色各异、形状各异的小灯笼，在大街上呼喊，追逐……

　　除夕夜，提着一只纸灯笼，到邻家乱转，回来的时候，口袋里装满了点心、糖果等好吃的，那真是一份甜美的回忆。

　　那时候的快乐啊，是童年里的悠然自得，是年少时的纯真无邪。

　　除夕的晚上，爸爸会把奶奶从二伯家接过来，奶奶是裹着小脚，走过人生风雨的女人。她和蔼可亲，慈爱端庄，她是我在这个世上见过最为大气最为懂得大局的女人。

　　奶奶和妈妈一起包饺子，会和全家一起守岁，一起看春晚。

　　那时候的除夕，对于老人、大人和孩子，都是一年之中最为盛大的节日！

　　那时的除夕，是一年的盼头，是一年的欢乐和幸福。

而今的除夕，茶几上摆满了天南地北的干果水果，餐桌上摆放着绞尽脑汁做出的美味佳肴，身穿着款式新颖高昂价格的衣服……可是，就是没有了当初除夕的热情与欢乐，没有了当初除夕的感动和清香。

尽管如此，除夕依然是一年里最为重大的节日。

我们每个人依然盼着团圆，出门在外的孩子们带着一家老小回来了，脸上洋溢着幸福的喜悦。男人们忙里忙外贴着对子，媳妇们忙着准备年夜饭，老人们坐在床头数着钞票，细算着给儿孙多少压岁钱。

今天的我们，很难再看到那些纸灯笼。

今夜，他为我买了孔明灯，我俩亲手点燃，在深邃的夜空中，看着它随着微风徐徐升起。

此时，我双手合十，虔诚地许下心愿！相信，未来的日子，我们会更加美好！

写给我爱和爱我的人

> 当晨曦的清辉洒遍大地的时候,这个世界因你而变得美好和温暖,我的心也开始书写对你由衷的感激和深爱。
>
> 今天,在这个特殊的时刻,我轻唱着幸福之歌来到你的身边,把精心编制的炫彩花环戴上你的脖颈,表达对你深沉的挚爱和厚重的祝福。
>
> ——题记

在这个日子,想写一篇文字,给我爱和(爱)我的人。

写给我的父母。你们生我养我,把我养大成人,没有你们,就不会有今天的我,更不会有我丰盈的人生。虽然自己没有高官厚禄飞黄腾达,也算不上知名人士网络红人,但是我依然感激你们把我带到这个世界,给了我一颗善良的心、智慧的思想和一双发现美的眼睛,我热爱生活,简单,感恩,知足,幸福而又安静面对这个人世间。这个世间的一切美好事物,我都深深地热爱。

写给公婆。在我心里,我已经把您们当自己的老人一样对待。当然,一直以来,你们也很疼我,把我当自己的女儿一样。我们在一起居住了这么多年,我已经习惯,因为有你们,这才是一个完整的家,因为有你们,我感觉很温暖。

写给夫君。我想,你一定是上天派来照顾我的守护神。感谢你给了我这么多年的好脾气,感谢你这么多年对我宠爱有加。你给了我一个安稳舒适的家。我说我有很多梦想,你说你只有一个梦想,那就是把我的梦想一个个都实现。我相信,你的梦想是世上最温暖的梦想。

感谢你给了我一片自由的天空,能够让我活得快乐,你为我们活的很多,为自己活的很少,但是你从来不会怨声载道,你豁达的心胸就是你一生的修为。

写给儿子。感恩上天把你赐给我，你的到来，给了我一生的温情。你是我一辈子的软肋，为你赴汤蹈火我都心甘情愿在所不辞。你已经长大，再也不是依赖我的小男孩，而今，需要我仰视才能看到你青春无羁的面庞，青春是美好的，希望你深刻感受青春，铭记青春，人生的路还很长，希望你脚踏实地走好每一步。

写给我的知己。与你的相识，是一个美丽的意外，与你的相知，却是必然的缘分。感谢你的这份知遇之恩，即使你在千里之外，我们却有一份近在咫尺的惺惺相惜。这些年，我们有过欢笑，有过难过，有过误会，有过和解。还好，无论是阳光明媚的佳期，还是阴雨绵绵的日子，我们都没有因为不理解而彼此疏离，更没有因为时光的漫长而变得陌生。我还是感谢时间，让我们在这长久的光阴里铭刻着这份厚重的情意。这份情意，就如这杯酒，浓烈而沉稳，清香而芳醇。

写给我的手足，我的亲人，我的兄弟姐妹。我们是一奶同胞，血浓于水，我们在一个炕上睡过觉，我们在一个碗里吃过饭，小时候相互打过架，长大后亲情无法割舍。你知道吗？我们这辈子能够成为兄弟姐妹是多大的缘分啊，我从来不相信下辈子，即使有下辈子，我们也不一定还会成为兄弟姐妹。所以，我们真的应该珍惜这来之不易的情缘啊。

你们在我心里是我的家人，永远是我坚强的后盾。感谢这一生，一直有你！

还有我的老师，同学，朋友，同事，是你们丰富了我的人生。无论是远方的朋友，还是身边的朋友，人生的路上，因为有了你们，我的生命变得更有意义。

最后写给自己。跟自己说：人生不易，且当珍惜。过去的一年，有过伤痛，有过幸福，有过美好，有过伤害，有过挣扎，有过释怀……无论怎样的酸甜苦辣，就与它干杯吧！人到中年，经历了这么多，也真的懂得了珍惜，珍惜生命，珍惜健康，珍惜家人，珍惜爱人，珍惜朋友，珍惜每一个晨晨昏昏以及每一季的花开花落。

情 书

> 轻轻地拨开昔日天空里密集的云霭，我们乘着朝霞，漫步在相知的心海，听一季雨声，品一路花香，而所有有关你的阳光记忆，在那一页一书的经文里，在生命脉络的锦囊中悄然安放！
>
> ——题记

一

在这个浮躁的社会，很少有人写情书了。

情书，仿佛是年轻人的象征，而我，依然愿意怀着一颗年轻的心，写一封情书给你。

我想，爱情永远是年轻的，它没有时间、空间、地域和年龄的界限，拥有爱情的人，他的心永远是美丽而圣洁的。

在这个日子，我最想对你说的，感谢你出现在我的生命里。邂逅你，是我最大的幸运与幸福；遇见你，是我一辈子的荣光；爱上你，是我今生最美好的记忆；拥有你，是我一生最幸福的时光！

二

立秋了，不知不觉，我们又从夏天，走到了秋天。

我们的爱情，也从生命的春天走到了人生的秋天，在一季又一季的轮回里，我们一直用心倾听彼此发自心灵深处的声音。

今天，迎来了立秋的第一场秋雨，淅淅沥沥的雨声，吹醒了寂静的心灵。

想起多年前，一场邂逅注定了一次长途跋涉的爱情。从来没有后悔这一场千山万水的相望，从来没有忘记这一场默然欣喜的相逢。

我们在那片蔚蓝天空里默然相守，在一年一年的轮回里悉心守望，我们的点点滴滴在岁月深处熠熠闪光。我们在漫漫征途中默然行走，从来不怕时间会多么遥远，也许时间会苍老，却永远不会苍老两颗相爱的心灵。

三

我一定是你前生没有释怀的情结。不然为何，众里寻她千百度，你在茫茫人海千千万万人中，偏偏唯独找到了我呢？

我是一个古怪的精灵，让你欢喜让你忧。我像一个美丽的天使，渴望与你拥有一份天荒地老的爱情。

我没有漂亮的容颜，但是我愿意把最善良的情意给你；我不是最完美的，但是我愿意把我最真的心灵给你。

我是一个偏执而又个性的女子，我知道，这些年，你爱得很辛苦，而为了我这个不知天高地厚的小女子，生性倔强的你愿意一次次地屈服，一次次愿意低头认输，一次次包容我的任性与坏脾气。

还是很感谢你，因为有你，让我的情感在尘埃里开出美丽的花儿，不管是卑微还是夺目，我不是一棵漂移不定的浮萍，因为有你，让我成为世界上美丽与富足的女人。

我不是最好的女子，但是我愿意把我最美的时光给你。

四

那时候，你也年轻气盛，谁没有性格呢？而今，也许是时光磨平了你的棱角。其实，我深深知道，你只是舍不得对我有棱有角。你只是不忍心对我发脾气耍个性而已。

那时候，你也很英姿帅气，我不知道是时光还是我把你变得不是从前的模样。但是，我更爱如今沧桑的你。因为沧桑，你才更加成熟和果敢、稳重与平和。

那时候，你比现在年轻，可是，我更欣赏如今的你。时光，让你更加睿智，岁月，让我更加懂得珍惜。

你知道吗？你用你的执着和耐心，包容与豁达，用你不离不弃的情感俘获了我的专情。

一晃，我们一起携手走过了很多年。你在我的心里，占据着不可动摇的位置，你用你坚实的爱，在我的心里建起了不可一世的坚固长城，坚守着我的心，从不走出去；保护我的心，别人也不能攻进来。

五

记得你不止一次地对我说过：你是一个喜欢流浪漂泊的女子，你可以贪玩，可以任性，可以霸道，蛮不讲理，可以发疯地去兜兜转转，可是，你要记住：无论到什么时候，我都是你的依靠、你的归宿。你累了，疲倦了，伤心了，失望了，或者被人欺侮了，受委屈了，你一定要回来，我都会毫无条件地接受你。

想起这些年，曲曲折折，兜兜转转，那些曾经，那些过去，那些悲喜，那些风景，或许只是为我们今天的懂得和珍惜做着铺垫吧。如果没有昨天，就没有我们惺惺相惜的今天；如果没有上辈子的擦肩，或许就不会有今生的彼此遇见。

六

亲爱的，这一路上，你是陪我一路看风景的人，也是默然相伴为我撑伞的那个人。

这一路上，我们有欢笑，有眼泪，有幸福，有悲伤，有争吵，有和好……而正是有了这些喜怒哀乐，才彰显爱情的坚韧与精彩。

人生中，或许都有着这样或者那样的无奈和艰辛。生命里，注定着一场场相逢而又重逢，重逢而又别离的场景。而我们的爱在心里一直很年轻，它从来不会因年轮的增长而沧桑。从来不会因时光的漫长而失去风采。

我们的爱，正是经过了时间的磨砺和检验，才拥有了一份弥足珍贵爱情。

我们的爱情，不是轰轰烈烈，却是生命里一樽旺盛的炉火。我们在漫长的等待里守候温暖，在幽静的长路上默默行走。

我相信，我们的幸福会长长久久，我们的爱情会地老天荒。以后，不管遇到怎样的挫折，我们都将无所畏惧，因为在爱情的路上，从来都是漫漫长路，一路风雨一路歌。

不再年轻，也挺好

一直觉得自己还很年轻，不服气年龄的增长，不服气眼角的皱纹，不服气青春的远去。

开始害怕别人问起我的年龄，开始对着镜子细心观察自己的皮肤，开始注意身体的保养，开始有意无意地在意自己的体型，服装也有了变化，也开始懂得时尚，颜色也不再单一……

渐渐地，我才知道，因为更多的在意，我才真的不再年轻了。

年轻的时候，喜欢黑白的颜色。因为青春，本身就是五彩斑斓，无须色彩的雕琢。即使是单调的色彩也无法掩盖我美丽的青春与如花的容颜。

年轻是不需要装饰的，它是纯天然的明媚，无须雕琢，无须粉饰，依然明静纯美。

而今，开始喜欢用淡雅的色彩来装饰我的人生，仿佛不同的颜色代表着生命的特征。单调的黑白仅仅是其中的两个鲜明的个性，而我的人生，需要五彩纷呈。

年轻的时候，因为拥有任意挥霍的青春，任性着自己的任性，矫情着肆意的矫情，可以为爱与不爱而哭个死去活来，可以为一个赌气而喝得泪流满面，可以为一点点伤害而伤心得肝肠寸断，可以为一个小小的争吵而悲痛欲绝犹如世界末日的到来……

年轻时会为一件小事而赌气伤心，会为一个解不开的心结而彻夜不眠，会在一些事情上沉不住气而激动冲动大动干戈。

而今，不会了。人到四十，一下子看开了很多。

爱与不爱依然很重要,但是不会再钻牛角,即使再有曾经的伤害,心也已经看得很开。

不会再为一件小事没完没了地纠结,即使依然是当初的情景出现,不再阴雨绵绵,会在更短的时间里阳光明媚;即使再有同样的伤痛发生,不再暗无天日,也不会再伤筋骨,痛一阵就会笑靥如花。

仿佛自己一下子变得没心没肺,好像一时间没有了棱角。

依然是坐在同一个座位,依然是望向窗外的同一个天空,但是,时光荏苒,而今已经不再是那个曾经不谙世事的我。

我知道,这是因为我不再年轻。

不再年轻,同样的场面场景,不会再任性地端起酒杯一饮而尽。看着那杯红酒,首先想到的是真喝下去自己的身体能不能承受?这样会不会对身体造成不必要的伤害?这件事究竟值不值得去任性?

不再年轻,知道了不能再随便任性。即使真的有一个百分之百纵容自己任性的人,为了自己也不能再无所顾忌。

不再年轻,少了一些轻率,多了一些思考,少了一些冲动,多了一些理性。

不再年轻,我明白了健康最重要。青春可以远去,时光可以远去,唯有健康不能远去!

不再年轻,我开始懂得珍惜。那些过往,那些美丽,那些风景,那些故事,珍藏在生命中,犹如开在时光深处的一株幽兰,宁静致远,淡泊情怀!

不再年轻,我开始释怀人生。人生不易,应该珍惜。一生中每一次相遇都是命中注定的缘,无论父母兄弟姐妹,还有爱人孩子,无论是朋友同事,还是挚友知己,能在生命里或深或浅地留下足迹,能在这短短几十年一同走过,就是一份情缘,一生的情缘。

人到四十,不再年轻。我们这一生,就是在走一场生命的旅行。一路上,看到过很多风景,听说过很多故事,经历过人生的悲欢离合,走过生命里的坎坎坷坷。感触很大,彻悟很多。旅途中那些人,那些事,那些痛苦与忧伤,阳光与微笑,都将是生命里宝贵的财富,我们的生命也因此而变得美丽丰盈,静美辉煌。

突然感觉,人到四十,懂得淡泊宁静,云淡风轻,不再年轻,也挺好。

握住你的手

清晨，天刚蒙蒙亮，我听到了他起床的声音，后来听到他在卧室外边洗漱。一会他把门推开一道缝，对我小声说：我走了啊。

这是他每天早上出门前习惯性地跟我打招呼，我每天都会说：慢点啊！

今天我说：这么早啊？

他听我那样一句话，于是折身回来，站到我跟前，微笑着说：我再和你说几句话。

此时，天已微微亮，光亮照在他的脸上，我却能清晰地看到他明媚的笑脸。他没有说话，就是这样微笑着看着我。

很多年以来，我在他眼睛里，捕捉到的都是溺爱，宠爱，疼惜。他从来没有愤怒、冷漠或者无视的眼神在我面前出现过。

我躺在床上，此时，我把手伸给他，他随即握住了我的手，我感觉他的手很凉，可能因为刚刚洗漱的原因，而我的手很温暖，我感觉到一种温度的传递……

不知道为什么，我和他总会有这样温暖的情愫和画面，也许，爱，在多少人心中，从来没有年龄界限，也从来不会老。

有时候他出去一整天，他推门进来，坐到床边看我在电脑前写东西。很多次，我会放下手中的鼠标，走到他跟前，双手圈住他的脖子，他会坐着整个把我抱起来，我坐在他怀中，我俩就那样面对面说一些家常……

我们结婚也快二十年了，在他眼里，我一直就是一个任性的孩子，无论我怎样霸道、任性、蛮不讲理，他从来没有说过我的一句不是，更没有跟我发过火。

有人说：雨儿你的幸福好像都是从他身上给予你的满足，你有没有感觉输出也是一种幸福啊？

我不知道我对他输出的爱是什么？可能就是一种依赖，或者是温柔，更多的是一种温情吧。

其实，在别人眼中，一直是我在获得爱，获得他的疼爱，其实，我也在输出，只是和他输出的方式不同吧，他输出的是体贴，是疼爱，是行动，我输出的是默默的、只有他能感知的温暖，就像我握住他的手……

母亲，是五月最美的温柔

五月，是一首有关康乃馨的亲情诗，是一株有关阳光与温暖的向日葵，是一曲有关一树繁华的五月歌。

五月，是一个温婉的女子。她像母亲的手，轻轻安抚着孩子的脸庞。

漫漫时光里，最难忘的是母亲的目光。这目光，穿越时空，穿越岁月，抵达与我心灵最近的地方。

我看见，五月里母亲的微笑，明媚了整个夏天；我看见，母亲的温暖，就是用星草编织的最美五月天。

当我孤独的时候，当我寂寞的时候，特别是这个日子到来的时候，我心底就会有一个灵魂一直在感动着我，震撼着我。我在心底默默地对你诉说，那个灵魂就是你，我最爱的人——母亲。

忘不了，每当我受到挫折的时候，每当我处于人生低谷失落迷茫的时候，您总是第一个出现在我人生的路口，不厌其烦地安慰我，担心我。我知道，您那颗伟大的心，是多么想为儿女扛下所有的辛苦与艰难，你不愿意自己的孩子受一点委屈与打击。

母亲，我无法想象岁岁年年里您为我们付出了多少心血，我无法计量出您对我们的成长给予了多深的挚爱，我所看到听到以及感受到的，只有你对我们似海的深情……

有时，看着您睡熟的面庞，我就想，您是不是又梦见了我孩提时的模样。

小的时候，您总是盼着我长大，可是，而今我长大了，却再也找不到您年轻时的模样。每次看到我回家，你都有着孩子一样天真的笑脸，看着您天真的微笑，我幸福而又忧伤，我内心更多的是一种内疚而且无法留住岁月和有你的时光……

你看，岁月的风霜吹皱了你脸上的皱纹，世事的磨难染白了你的黑发，人生的磨难侵蚀着您的健康，我有时静静地看着你被岁月侵蚀得不再光滑的手掌……母亲，我好想告诉你，在我心里，那永远是一双世界上最美丽的手……

面对您的沧桑、您的衰老，面对您的白发、您的皱纹，以及您一生的艰辛，我除了心疼，还是心疼……

我多想说，母亲，可否将您一生的不易与艰辛转移给您的孩子，因为，我是多么害怕您继续苍老。

我多想说：母亲，您一定要好好爱自己，善待自己，不要对孩子们有过多的牵挂，因为，我们都已经长大。

五月，是母亲最美的温柔，清瘦的挂念，滴墨成画，落笔成行。

这个日子，我将这份对你无限的真情眷恋，对你多年的挚爱情深，化为这贫瘠的文字，寄予五月高远的天空，让天上的朵朵白云化作五月清新的雨，温润潮湿世间每个角落，温软每个母亲的心田。

推开西窗，一颗明媚的心，悄悄进来，让这颗心，陪你走过四季的风霜，好吗？

走近父亲

父亲已经八十多岁了，七个儿女，一个人住在那所老房子里，那所房子，那间屋子，装满了他一生的回忆。

那间老屋子的柜子上，摆着两个人的照片，一个是奶奶，一个是母亲，是父亲生命里至关重要的两个女人。

儿女们有的在大都市或者小县城都有了自己的楼房，即使在乡下的哥哥姐姐们也都住上了新房子，前几年，偶尔他还会来我家或者北京的姐姐家小住，也会骑着自行车去乡下每个姐姐家转转看看。可是最近这几年，虽然身体还算硬朗，他骑不了车了，不管谁再去接他，他都不去了。

父亲岁数大了，可一点也不糊涂，思维很清晰，说话还是有条有理。他在村里还管理着老年协会，任何的开支和收入还要他说了算，可能这是他价值的体现吧，所以他非常引以为自豪。

父亲的生活很有规律。每天早上五点天都没亮他就去吃早点，可想而知他每个夜晚是多么漫长。午饭和晚饭都是自己做，中午和晚上他都要弄个小菜，自己喝一二两小酒，他的菜几乎就有两样，炖肉或者鸡蛋，其他的蔬菜他几乎不买，晚上不到七点他就已经躺下了。

父亲没有养老金，他的生活费都是儿女们给。儿女们给他钱没有固定数目，平时去看他时给钱，过年过节给得多一些，儿女们根据自己家庭的实际情况，有多有少，谁也不攀比，谁也不嫉妒，给他的钱花不完。

父亲养了一窝猫，一只母猫和五只小猫，他还养了一条狗。每天给猫和狗买吃的要花二十块钱，他养这些猫狗每天的花销当然就会有不同的声音出来，但是我从来不反对他为这些猫狗花钱，我说：猫儿狗儿，能跟他做伴，他每天跟它们说话，那是他的一个寄托，做儿女的，谁能做到每天陪着他呢？他只要开心就行了。后来，他养的那些小猫连续几个都瘫痪了，但是父亲依然很精心地养他们，一个都没有抛弃。

父亲穿着不是很讲究，给他买了新衣服他也舍不得穿，总说衣服还好着呢。我告诉他：一定要穿新的，每天都穿新衣服，穿上新衣服也是给儿女们脸面呢。可是说也白说，每次去看他，他依旧穿着旧衣服。

父亲脑子很清晰，可是有的事情上，他开始装糊涂。母亲和父亲在一起生活了五十多年，吵吵闹闹一辈子。可是现在他每每和下辈人谈起母亲时，他总是说和母亲一辈子没红过脸，从没吵过架……我们做儿女的也不会拆穿他，也许在他心里，他真的已经忘记了和母亲的吵闹生气的那些片段，留在他记忆里的，都是幸福的回忆了吧！

我上学的时候，他有着女子读书无用论，于是极力反对我读书，甚至说难听的话。那时候，我去外地上学父亲不供我，不给钱，是母亲背着父亲偷偷去姑姑家借钱供我读书的。而今，现在父亲每每和我以及家人说起我上学的事时，他也开始装糊涂，他总说上学多么的不容易，他是如何如何支持我上学。听他说这些话时，我也不会难过，与家人相视而笑。我深深知道，那些，早就已经不重要了。重要的是，我希望父亲健康快乐，一直在我们身边，多好！

其实，我还是觉得父亲是很精明的一个人，这些年，每次我带儿子去看他，他都要拿出钱给我儿子，他说孩子在外地上学不容易，手里一定要有钱，不能缺钱。我说不要，父亲就跟我翻脸。后来，他再给儿子钱时，我不再说不要了，我知道他想把一种遗憾弥补在我儿子身上吧，他的心意也需要一种接纳，他的遗憾也需要一种释然。

我写过一篇《你老了，我很心疼》，我让朋友朗诵了。那次全家聚会，用手机播放给父亲听。其实，父亲的耳朵已经很背了，再加上当时人多很乱，尽管我把手机放到了他耳边，我知道他可能一句都没听清楚，但是他笑得合不拢嘴，还一个劲地说：好！好！

父亲脾气不好，但是这些年，他看开了，不轻易发火了。每到过年的时候，他很大方，那么多的孩子，他都要发红包。他看着大人孩子们开心，他就高兴了。

而今，父亲真的老了，行动也缓慢了很多，但是他从来不说自己的困难，不给儿女们添麻烦。每次我们去看他，他都要慢慢地走到门口，我们都上车了，他才走出来。而每当那个分别的时刻，每次看到他高大的身躯已经变得佝偻弯曲时，每次看到他当年英俊的面容已经满脸沟壑时，我的心都是那么的心疼，转脸会泪流满面。你不知道，父亲，我多么希望你不再苍老。

走近父亲，我才知道，我多了更多的不舍！

情人节里最温情的对白

那天，我在三亚的正扬国际酒店。那天，是情人节，二月十四日。

清晨，被渔民出海的炮声吵醒，我看了看时间，六点十分，习惯性拿起手机，有好几个短信提醒。

有他发来的消息，我打开。

瞬时间，我热泪盈眶，一行热泪顺着脸颊慢慢流下来……

是他用手机发来的几张图片，可是，我看得很清楚，那是在自己家的电脑桌上拍的。

我想：肯定是他昨天买的红色玫瑰，我数了数，九朵，我知道，代表天长地久。

我远在海南三亚，他在河北老家，他却买了这样的礼物，摆在家里我经常坐的位置……

也许，即使我走到天涯海角，他从来没有感觉到我的离开吧。

他太了解我，这个日子，他不会发红包给我。因为他知道我不喜欢钱，即使我知道他不会发红包，但是我还是没想到他有这样的举措。

他总是能用我喜欢的方式表达他的爱，我想这就是他一种睿智和境界吧。

后面的谈话，让我更没想到。

他说：今天做豆沙包，给老岳父送去。

我的心被震撼了，我的嗓子也哽咽住了，年前，老父亲病了多日，是他一次次陪我来回跑，现在，父亲好多了，我不在家，而他，依然用细腻的感情为我尽着孝……

我可以自豪地说，他是一个好爱人，更是中国好姑爷！

情人节，也许并不是代表情人之间的节日，可是，一定是人世间有情人的节日。

他不是帅哥，但是，他很温暖。

他这样的一个男人，总是在用"心"包围着我，让我对他死心塌地，不离不弃。

感谢生命里有你，真心地对你说：情人节快乐！

陪 伴

一

陪伴父亲好几年的那只猫死了。

我已经记不清父亲和那只猫究竟是谁先病的,前些日子听父亲说那只猫不吃东西,只喝水,没有引起我的重视……

那只猫病了一个多月,父亲的身体也忽然脆弱起来。

带着父亲去医院,我们也带上了那只猫。等检查完父亲的身体,我让哥哥姐姐带着父亲先回家,我和爱人带着猫去县城兽医站,到了兽医站门口,下车再看那只猫时,它已经浑身僵硬,没有气息了。

二

父亲一个人住一个院子,平时有些话就跟那只猫唠叨,那只猫也很乖很听话,父亲很宠爱它。

每次我们回家看父亲,那只猫都会"蹭"一下子从屋里跑出去,等我们走了,它才会回来陪父亲。

其实,动物也是懂感情的,谁爱它,它就爱谁。

三

哥哥姐姐们都劝父亲想开点,可是父亲谈起那只猫,哭了三次。满脸沟沟壑壑的父亲,居然老泪纵横……一个一辈子强硬从不屈服的汉子,八十六岁的时候,却像个孩子一样为那只猫哭泣着……

我也好难过，一天里，也两次伤怀。

我和那只猫没有什么感情，可是我好心疼父亲！

这只猫陪伴父亲好几年，父亲与它朝夕相伴，他俩相依为命地生活。

父亲每天精心地喂它，它爱吃什么，父亲就为它买什么。

没有了那只猫，白天，父亲还和谁说话，夜晚，父亲会多么孤单！

四

在从县城回老家的路上，想着如何把那只猫埋了。虽然它只是一只动物，但是也应该得到我们的善待和尊重，感谢它陪父亲这么久。

它比我们做儿女的强，起码，几年来，是它，日日夜夜在父亲身边……

我和爱人找了好久，才找到一个比较安静的地方，我俩没有工具，用手刨了一个坑，亲手把它埋了。

希望它安息。

后　记

带着父亲去医院检查的时候，有的医护人员因为父亲年龄大而不愿意给做检查。或许，在他们眼里，这样的年纪，就应该得过且过，顺其自然吧。

我暂且不给医护人员做任何评价，因为他们每天也很辛苦，我只想说，老人，也有向往和追求健康的权利。

我们每个人都曾经是父母的孩子，终归有一天，我们也会成为孩子的父母。当有一天，我们眼看着父母老去，我们的心会多了些牵挂。无论父母多大岁数，哪怕百岁，我们依然愿意他们在着……

而如今的我们，当父母病了，又有几个能做到陪在老人身边？特别是失去了老伴的那个人，日子能过，孤独难挨……

那些年，贫穷的时候，都能做到养儿防老。而今，我们进步了，富裕了，却做不到了，更多的是无奈和歉疚。

趁父母健在，常回家看看，趁你还年轻，好好爱他们吧！当有一天他们不在了，你才知道，什么是孤单……

每次想到你，我都会露出幸福的微笑

今天，是你的生日，让我由衷地对你说一声：我爱你！

我很少这样对你深情地表达，其实，对你的这份爱，十七年来，一分一秒我都没有停歇过。

你是带给我惊喜和幸福的人，你从来不知道，你在我心里有多么重要。你是带给我美好和感动的一个人，你从来不知道，我的生命因为有了你而多么骄傲与自豪。

今天，因为你在北京学习法语，不能亲自为你点上蜡烛，看你许愿，吹灭蜡烛的情景了。但是，我的心里一直装着一个年轻帅气的美少年，用心为你点燃生命的火花，相信身处京城的你一定能够感知，对你的这份爱心从来就是源源不断、源远流长。

十七年前的今天，八月十八日，阴历七月初八，你来到了这个世间。

我们在一起生活了十七年，我看着你一点点长大，一步步成长，而今，你已经是一个玉树临风、英俊潇洒的男子汉了。

你知道吗？看着你健康快乐地长大，是我一生最幸福的时光。

清晨，我给你发了一个66.66元的红包，红包上写：生日快乐，永远快乐！

以为你还没起床，没想到你马上回复了一句：merci（法语，谢谢）

我回复了一句：pas de quoi（法语，不用谢）

你又回了一句：tu es tres bien

百度了半天才知道最后一句可能是"您太好了"的意思，我不再和你比试法语了，因为再说下去，我就露怯了。

学习中欧航空工程师专业要学习三年法语，你自己意识到了法语的艰巨性，自己提出要先补习一下。

　　从小到大，我从来不强求你做什么，也不会要求你达到什么程度。学习上我不会拿你和谁比，也不会盲目地让你参加各种学习辅导班。我能做的，就是做到间接性地提示、指导，与你说明白我的看法和想法，具体你自己如何对待和运作，那是你自己的事。

　　你是一个聪明的孩子，相信你能悟出我的话的道理，每个孩子都是不同的，所以没有必要一定要让自己的孩子像哪一个一样，你就是独一无二的你，你活成什么样子，都是我的最爱！

　　再有十多天，你就要去上大学了，我心里真的很为你高兴。

　　大学生活时间相对比较宽松了，希望你在大学期间，多读书，多思考，你的阅读量不多，多看看名著。多读书能让你知识渊博，能提高你的文化素养。

　　你长大了，再也不用在爸爸妈妈的庇护下成长了。你可以谈恋爱，打游戏，交朋友，同学聚会……

　　你有你的独立空间和自由生活了，宝贝，我相信你的智慧，也祝福你的未来。

　　我期待，你的明天更加精彩！

　　今生，我们成为母子，是一世的情缘，我从来不相信来生，所以，今生遇见你，我一直都在好好珍惜。

　　小时候你犯了错，我都是说没事，记住了就好；不小心你摔了东西，我怕你害怕反过来安慰你；你考试退步了，我说谁都有马失前蹄的时候；你迷茫的时候，我安慰你不要惊慌，天塌下来有我和你一起扛。

　　我从来都舍不得怒斥你，也不忍心对你发脾气。从你生下来，你就是我的软肋。

　　在我的眼里，你是阳光而睿智的。在我的心里，你是最好的孩子。

　　这一生，你带给我的满足是无法比拟的，每次想到你，我都会悄悄地露出幸福的微笑……

我的姐姐

清晨醒来，习惯性拿起手机，发现大姐家的外甥发了一段视频，还有一段文字。我习惯性地打开，刚看到第一个画面，我就哭了。

看着那个年轻漂亮的女子，而今被岁月的年轮沧桑得不再年轻。容颜再不是貌美如花，她风霜的脸上写满了幸福或者不幸福。

时光真的很无情，那些美好的时光，都去哪了？

那个漂亮的女子是我的大姐姐，她在我们五个姐妹中是老大，加上两个哥哥她排行老三。年轻的时候，她也是村里数一数二的美女。

大姐和那个男子是自由恋爱，那时候，在那个年代，自由恋爱是伤风败俗的事情，所以他们的婚事遭到了父母强烈的反对。而大姐敢于冲破世俗的观念，一定要嫁给自己真心相爱的人。

我模糊的记忆中，好像有一次，是晚上，妈妈不在家，爸爸拿着擀面杖，非要打断大姐的腿。我躲在墙角里哭，三姐跪在爸爸面前，替大姐求情，哀求爸爸不要打姐姐。当时好像还有大哥也在请求爸爸不要打，大哥说有他在，他会管好自己的妹妹。那天晚上，我也忘记了那场战争怎么结束的。后来，家里总来人说和这桩婚事，爸爸妈妈坚决不同意，说结婚可以，结婚就断绝父女母女关系。再后来，大姐还是和那个男人结婚了。

那个男人终于还是成了我的姐夫。

结婚后，没想到父母很快就冰释前嫌，大姐和大姐夫因此成了家里的常客，因为在一个村，几乎每天都来我家吃饭。

大姐本是一个有性格的人，但是遇到了姐夫，一年一年就把她的性格磨得没了棱角。大姐几十年都掌控在姐夫的手心里，因为姐夫脾气不好，大姐怕他，什么都顺着他，最怕他耍混，他一耍混，大姐就吓得魂不守舍。还好，最值得姐姐骄傲的事情，姐夫虽然脾气不好，但是一生没打过她。

这么多年以来，我感觉大姐以生命抗争而争取来的婚姻，并不是她年轻时所梦想的爱情。并不是她幻想的那般美好与甜蜜的生活。几十年如一日，辛辛苦苦，舍不得吃，舍不得花，一辈子只想让孩子们如何生活得更好，而她自己的身体，却不是很好，血压高，腰间盘、椎间盘突出，风湿病。但是在这样的情况下，每到年关，她就忙得几乎倒下，但是他心甘情愿地为一家人做这做那。

命运总是公平的，她是一个美丽善良的女人，所以命运安排他有两个孝顺懂事的儿子，还有两个孝顺的儿媳。

我本打算过几天去海南旅行，外甥给我打电话说：老姨，你也带我妈去，我给她花钱，你别告诉她多少钱呀！

过了一会姐姐打电话告诉我，她说：老妹，我不去海南啊，我可舍不得花那么多钱，谁给我花钱我都不去……

姐姐的行为让我很不理解，我生气地说：你儿子这样对你，也是在表达他的一份孝心，你这个年龄了，这样的身体，可能还能去一趟海南，以后，你的腿再严重了，都去不了。

她毫无缓和余地地说："花谁的钱我都舍不得！我反正不去。"

这就是她，我的大姐，心里只有别人，从来没有自己，她疼别人胜过疼自己。

现在大姐的生活好了，姐夫的性格也改变了不少，还住进了新房子，这几十年，姐姐都是为别人活了，真的希望以后的人生和生活，为自己活着……

六月里最厚重的深情

六月的阳光是热烈的,热烈中闪烁着暖人的情怀。六月的阳光是厚重的,厚重里饱含着无限的深情。

六月里,我最欢喜的,依然是庭院里那些金灿灿的枣花儿,它们像天上的星星,眨着的微笑的眼睛。

每次想到那两棵苍老的枣树,我就会情不自禁地想起父亲。

这个六月,是您的节日。感谢有这样一个节日,让我想起有关您的点点滴滴。

总是不经意间想起您宽大的手掌、坚硬的胡须、宽厚的肩膀还有您高大的身影。而今,取而代之的是满脸的皱纹、沧桑的白发、清瘦的面容以及驼背的身体。

您把爱,给了这个家,你把大好年华,给了儿女。您为这个家,多少年来,默默付出了全部。

在我的心里,父亲严厉而刚强。而今的父亲,却装满柔情和慈祥。

在我的记忆中,父亲高大英俊,刚正不阿。他一直是顶天立地的男子,他就像千年不倒的胡杨,倔强而又坚强。

在我的生命里,父亲两个字,像山一样高大,像海一样深沉。您是集大爱于一心的铮铮汉子,您是集严爱于一身的铁骨男儿。

小时候,我很怕您,每次做错事,最怕你严厉的眼神和掷地有声的话语。

可是而今,不知道从什么时候起,您那颗历经人世沧桑的心,已经变得如此的柔软。

小时候,我对您是那么信赖,感觉即使有天大事情,都有您替我挡着。

可是，不知从何时开始，你的声音不再铿锵，对孩子的想念也变得那么的温暖。

我深深知道，母亲给了我血肉，父亲给了我骨骼。母亲的爱，慈祥而宽容。父亲的爱，博大而深远……

您的爱，就像山巅上的常春藤，蔓延峭壁，永不枯萎。您的爱，就像我们手中的一把伞，为我遮挡风雨。

父亲，一个多么熟悉而又亲切的称呼，您是永远住在我心里的人。在我心里，呼唤了一辈子，在我的生命里，温暖了我一生。

清明，那袭清愁，那抹情怀

清明，细雨如愁，早春的阴冷和寂寞，总是悄悄地袭上心头。

这个日子，总是感觉有雨滴在落，落在眼眸里，落在脸颊上，落在那颗沉寂心里。

仰望辽阔的天空，云，在飘，风，在吹。那颗心，随着风儿追逐，追逐在心底早已经生根发芽的灵魂，你在哪儿？你在哪儿？空旷的原野里，没有回音，只有几颗稀疏的芦苇随风摇摆，干枯的芦苇花清瘦地低着头，仿佛在沉思，或者在想念着谁？

芦苇还是秋冬时节的深黄，这种黄，可否就是言说着一种凋零，或者一笼清愁呢？

这份清愁、庄严、肃穆、沉静，它弥漫了整个天空、整个大地，每一个大大小小的村庄和院落。每次看到芦苇花，总感觉它有一种孤零、决然、凄美！

这种凄美，特别是在这个时候，总是情不自禁地想到已经离我而去的亲人。你知道吗？这些年，尽管你已经离我而去，可是，你从来没有走出过我的心里。

我也一直想告诉你，这一生，你都会住在这里，这是一个属于你、也是我最爱最温暖的地方。

那时候，每次我回家，只要看到有你在，我就那么踏实，那么高兴，尽管我们吃的是粗茶淡饭，可是那个味道，却是我走遍天涯海角，再也无法找到的香味……

那时候，只要年关，我们都会回家。那时，年，对我来说，是一个团圆的盼头，而对于你来说，却是一个多么漫长的等待。

那时候，我总是那么忙，没有更多的时间陪伴你，可是你走后，我要用一生时间来弥补这份缺憾。

那时候,你总是那么闲,用大把大把的时间把我期盼。如今,我没有了你的期盼,我真的不知道,哪里再是我温暖的港湾?

就这样,总是就这样默默想起你陪伴我走过的那些光阴,想起清贫日子里的那些温暖,想起我们生活的每一个细节,想起你爱我们微笑的模样……这汹涌的泪水啊,总是突然地夺眶而出……

就这样,默默地守候你,一天,一天……就这样,悄悄地呼唤你,一年,一年……那袭清愁,那抹情怀啊,在这个日子,打湿了文字,打湿了衣襟,打湿了一颗想念的心。

其实,我还是轻轻地笑了。因为我知道,你一直那么不愿意看到我多愁善感与忧伤,你一直喜欢我幸福开心的模样。于是,仰望高远蔚蓝的天空,我不敢懈怠,依然心怀感恩,走向人生的那片辽阔。

戒　烟

一

为了让他戒烟，她用了最残忍的方式。

她不懂，为什么那个烟对他那么重要，他可以不吃不喝，但是不能没有烟。他可以做任何事一言九鼎，唯独在戒烟上面，他委曲求全，为了烟，他宁可放下尊严。

无论她怎样软硬兼施，他从不敢给她一个承诺。

结婚十八年，他给了她公主般的优越，给了她女皇般的尊重，给了她孩子般的宠爱……他很少违背她的心思去做事，唯独这个烟除外。

她说：让你戒烟，不是为了管制你，我是担心你的身体，这么多年，我需要你永远在我身边，我在乎你，希望你健康，不希望因为吸烟而增加你生病的概率。

他说：他懂，他都懂。

但是，他就是不肯说戒烟两个字。

她说：你不戒烟，我也生气，我生气是因为为什么为了吸烟你连尊严都要放下。

他沉默。不语。

忽然，他看见，她流泪了。

他的心也在疼，他想说一个承诺，但是他不敢承诺，因为他怕即使承诺了，自己做不到！

每次他不是不想承诺，是真的承诺了，就要遵守，如果不能遵守，对她也是一个伤害啊！

他心里也矛盾，痛苦不堪，他不是不想戒，不是不懂她的关心，他经历过戒烟，就像戒毒一样浑身不自在，越是戒烟，心里越时刻想着烟，手总是不由自主地伸向口袋掏烟。不能吸烟，一整天都无精打采，好像吃什么都不香，做什么也都没有了意义。

但是，现在他看到她的眼泪啪嗒啪嗒落在地上，就像鞭子一样鞭打着他的心，十八年来，他从来不惹她生气，更舍不得她哭……

二

她是哭了，她哭的是为什么他就不懂她的心，她哭的是为什么他就不能为了她，为了孩子，为了老母，为了一个完整的家而珍惜自己的身体呢！

她已经使尽浑身解数，他都无动于衷。自己苦口婆心，他不松口，自己近似乎哀求，他咬紧牙关，自己威逼利诱，他视死如归！

所以，她感觉到了深深的失望、绝望。他能给她整个世界，却不能给她一个让她安心的未来。

她走进了客厅，茶几上还放着一瓶红酒，里面还有多半瓶红酒，是前两天喝剩下的。

她看着那酒，她有些犹豫，随着年龄的增长，她深深感觉到了自己的身体已经不如从前，从某些感应里，身体已经发出某些信号。

那一次好好的吃着饭，突然她就眼前发黑，浑身出汗，后来晕过去了，最后呕吐……虽然去了医院，也没查出什么问题，但是至今，她心里依然疑惑，不明白到底是怎么回事。

都说人到四十，就不能再贪杯了。

她感觉到了，这话是真理。

年轻的时候，她，他，还有一个朋友三个人喝过二十七瓶啤酒，她还喝过一斤七两的白酒，创了多少朋友间的记录……那时候喝多了，无非是吐了，睡一觉，脑子还是清醒的，第二天还是精神焕发。

可是现在她不敢了，她知道了珍惜身体，知道了生命的可贵，她不再舍得拿酒挥霍她的生命！

看着眼前的那瓶红酒，她知道，她如果喝下去，不知道会是什么样子，会不会死掉？

她甚至想了一个问题：自己为他这样做，值得吗？

她没有再多想什么，把红酒倒进酒杯里，倒满，一口气喝了下去……

三

她连续喝了三杯红酒，他拦住她说：你别这样，好不好？我不吸烟了。

从那之后，他真的不吸烟了。偶尔，她还会突然问他一句：你真的没有吸烟呀？他都说没有，并且，她也一直没有看到过他偷偷吸烟。

开始几天她没有注意到什么，过了大概有两个月，她突然发现，在一些场合里，他不怎么说话了，而且，一副不开心的样子。

比如回老家，和朋友聚会，大家都有说有笑，只有他默默低着头不说话。本来他是一个特别善谈而且幽默诙谐的人，可是现在？

背地里她还说他：你这样是什么意思吗？你要是故意这样不开心，你就接着吸吧。

他说：没事，我不吸。

她觉得慢慢他就会把烟戒了，戒烟怎么也要经历一段时间才能习惯吧。

其实他还是那副样子，萎靡不振，像是受了多大委屈似的。

有一天，她们去姐姐家做客，谈笑间，忽然外甥女把她叫到一间屋子里，跟她说他戒烟的事。

外甥女说：老姨，我老姨夫戒烟了？

她说：是啊。

外甥女说：你还是让他吸吧。

她说：我没有不让他吸呀，是他自己自愿的呀，我也没有强迫他。

外甥女说：你没看出老姨夫都抑郁了吗？人这一辈子，怎么活都是活，你不愿意他开开心心地活着吗？吸烟是有害健康，但是不开心地活着更有害健康……

她不说什么，感觉外甥女说得有些道理。她说：我会好好想想的。

快到吃饭的时候，姐姐又把她叫进屋里说：你不让妹夫抽烟了？你还是让他抽吧，你看他都……

她说：姐，你别劝我了，我知道你要说什么。

她走出来，开开心心地对他说：以后你愿意吸就吸，我不再说你什么了，只要你开心就行了，记得尽量少吸吧。

她没想到，为了吸烟这件事，还有人来劝说自己。

以后，他真的就又开始了吸烟的旅程，她也想通了，他这辈子不容易，只要他开心就好。

不苛求别人十全十美，毕竟，这辈子相遇相爱不容易，更何况他这么在乎自己。

有些东西戒不掉的，就如他爱她。

幸好有这样一个母亲节

幸好有这样一个母亲节，可以在母亲节还没到来之前就想起母亲，在这个日子还没到来之际心里就开始有一种惦记，想着如何表达一下对母亲的深爱，想起代表母爱的那些康乃馨、百合、满天星……想起有关母亲的那些章节，那些幸福，那些温馨与甜蜜。

我们每天是那么忙碌，忙碌中我们忽略了很多，忽略了友情，亲情，忽略了爱情，甚至，我们也忽略了那个与我们一辈子血脉相连的女人——我们的母亲。

我们每个人都不可否认地深爱着自己的母亲，可是，即使我们深爱，我们牵挂，那只是心里的一种感情的积淀，谁又能做到时时刻刻惦记自己的母亲？谁能做到一直陪伴着自己的母亲呢？

我们做不到，我们在无奈中忽略了一季又一季，我们在漫长的岁月里荒芜了一年又一年，在匆匆时光里，我们也给了自己无数个可以原谅自己的理由，给了自己一个又一个可以等待明天的借口，我们表现和表达的机会少之又少。可是，当忽然有一天，我们发现母亲沧桑的容颜，看见母亲新增的皱纹，忽然看到母亲两鬓的悄悄生出的白发，甚至忽然发现母亲连走路都已经不再如当初矫健的时候，我们心里会蓦然明白：人生可等待，岁月可等待，梦想可等待，爱情可等待，可是，只有对母亲的一颗爱心不可等待。

再没有比眼看着母亲渐渐衰老更让人痛心的事情了，再没有比有一天母亲突然远离了我们，才刻骨铭心地深感内疚更为可悲的事情了。

可是，母亲永远是笑着，我们的心，却哭了。

幸好还有这样一个母亲节，可以在这一天，给母亲打个电话，发个短信，或者聊聊天。其实，母亲心里早就知道有这样一个母亲节，她虽然不说，但是，她盼着我们的电话、我们的问候，哪怕说上一句话。当然，即使我们忘记了这个日子，忘记了送上祝福，没有和她联系，她也不会责怪，更不会有任何怨言。

幸好还有这个母亲节，可以在母亲节这天，鲜衣怒马，整装待发，带上家人，带上孩子，与母亲与家人团聚。深深地看上母亲一眼吧，这一眼，用目光告诉她：没有她，就没有你的今天……

我看见，母亲正用期盼的目光等我们回家？快点回吧，你看，母亲那期待的目光，她就在门口默默地等候……

写给陪我共度一生的人

感谢岁月，让我在有限的生命里，遇见了你——陪我共度一生的人。

其实，在这个日子，我只想把文字写给你。因为，你对我的爱以及我对你的爱，不同于任何一种情意。今天，我的心里，只有你。

这是一个浪漫的日子，允许我自私只将你一个人，装在心里。

我相信你一定能感知，感知这些年我对你的这份厚重情意，虽然没有山盟海誓，尽管没有轰轰烈烈，但是我们的爱，却如阳光下清澈的泉水，在生命的血脉里缓缓流动，涌动不息。

真的很感谢今生有你，让我们成为共度一生的人，成为相濡以沫的两个人。

我们彼此熟悉得就像彼此。虽然我们也有相对独立的空间和自由，但是，任何时候我们都能感到彼此的温暖，任何风雨都不会将你我分离。

我们就像左右手，相处融洽，彼此依赖，既像恋人，也像情人，更像患难中结下深刻情意的难兄难弟。

在苍茫的世界里，我们一同走过漫长的岁月，捡拾时光深处的暖，用心体会最浪漫的事就是一起慢慢变老的内涵。

岁月越长，我们更加深爱。时间越老，彼此越是依赖。

我是幸福的，因为你对我的好，对我的爱，对我的点点滴滴，让我心甘情愿与你共度此生。

感谢遇见你，给了我最好的年华，感谢你对我厚重的情意，让我一生中都感到温暖与美好。

我与父亲

母亲节那天，我去看了父亲。

因为没有了母亲，这些年，我把父亲也当作了母亲。

那天，阳光很好，我们把车子开到家门口不远处，在车上就看到父亲坐在外面超市门口的台阶上，穿着一件漂白的唐装上衣，父亲很少穿得这样干净整齐，所以在我眼里，很是显眼。

他的目光向着我每次来的方向——正北方向望着，望着……

车离他只有几米的距离，我下了车，他却没有任何反应。当时，我的心略过丝丝疼痛……我知道，父亲八十多岁了，他的眼睛已经看不清太远处的景物。他虽然看着我，却不知道我是谁，所以他脸上没有任何惊喜的表情。

我喊父亲，他听出我的声音，顿时笑了。慢慢地想站起来，我走上去扶他。

父亲和我并肩一起走进院子，我发现，父亲的背驼得已经让他看起来比我都矮了，想想当年，我需要仰视才能看到他的笑容呀。

父亲院子里依然像每年一样摆弄了小园子，种上了豆角、黄瓜、韭菜……其实，这些，他都是种给我们和邻居们吃的，平时，他很少吃蔬菜。在院子里养的那条大狗好像新脱的毛，显得很干净精神。与父亲平日里形影不离的那只小猫，看到我们，嗖的一下子跑掉了，不知去向。

走进屋子，父亲的屋子还是很破旧的，甚至有些阴暗，可是他喜欢。屋子还是有些凌乱，炕上摆满了各种杂物，可是父亲习惯了。过年的时候，我打扫父亲的屋子，把他很多东西都扔了，炕上弄得干净利落，可是还没出正月，就又恢复了原样。我不责怪他，知道他已经习惯了将各种东西摆在手边，所以，他愿意这样就好。

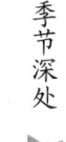

因为养猫的原因，屋子里有些异味，可是父亲不嫌弃。儿女们都劝他不要伺候猫啊狗的，可是他喜欢。我想，那也是他的一个精神寄托吧。

父亲穿着不讲究，平时衣服都不是很干净，也有新衣服，可是就是喜欢穿旧的，让他换，他也不换。他从不让我帮他洗衣服，都说要自己洗。他岁数大了，可是他不糊涂，我也不知道为什么，几个姐姐要是说帮他洗，他就不拦着，他从来不让我洗，是不是在他眼里，我还是最小的，没长大呀！

我知道父亲的脾气，所以，他不让我做什么，我从来不勉强；他想做什么，我也都顺着。就如养猫养狗，就如住在老屋子里，就如不愿意穿新衣裳，就如不去儿女家小住……我就想，这么大岁数了，千金难买他愿意。

父亲的身体已经大不如从前，几个月前，父亲患了前列腺炎。而今，每日需戴着导尿管度日，虽然日常生活没有太大影响，其实也有了诸多不便。就是在这样的情况下，他依然倔强地自己一个人生活，七个儿女，他谁家都不去。

每月九号，我和爱人还有二哥都要去一次医院，给父亲换导尿管。每次换导尿管的时候，我都会在身边。在我心里，他只是父亲，我该孝敬的人。在我眼里，他只是老人，我该照顾的人，没有性别之分。

其实，写下这些文字，我的心总是沉重的。

很多时候，我也不知道什么才是孝顺。很多时候，我也没有做到最好。就如我能做到的，只是尽量多回家看看，我却做不到，每天在他身边。

现实就是这样，我来到这个世界，父母给了我一切，而我，又给了父母多少呢？

父亲，如果真的有你离开我的那一天，我想还是会哭的，因为，照顾你，看见你，对我来说，也是一种幸福。

此时，我就已经泪流满面……

第二辑

遇见最美的你

三生三世，十里桃花

　　我一直相信前生、今生和来生，虽然我已经不记得前世的来龙去脉，但我记得你肯定在我的前世里出现过。

　　我不知道前生你是不是我的一个过客，也不知道你那时是不是只是擦肩而过。

　　或许，那时候，我们就真心相爱过，我们一定拥有一段不了的情缘，或者你欠了我一个未来。

　　不然为何，今生，走遍万水千山，隔山隔水，你也要与我相见呢？

　　还好，今生，我们终究没有错过。

　　虽然我已经不记得前世与你的点点滴滴，但是，我依然记得你前世爱我的模样。

　　今生，我遇见你的时候，一见倾心。你看到我的那一刻，万劫不复。

　　于是，我再也走不出你为我种下爱的蛊，你再也放不下牵我的手。

　　也许正是因为我们曾经错过了前世，所以，不想再错过今生。

　　或许，冥冥中早已经注定，我们轮回里也无法逃脱想念的深情。

　　你可否还记得，我们苦苦寻找的十里桃花，当那一片桃红忽然出现在我们眼前的时候，我是那样的诧异和欢喜。

　　我们从一株株桃花树下走过，那远古的记忆，在我心间瞬间蔓延开来……

　　我不知道，在你的心里，你是否还记得这片桃花，我想它一定是我们前世来过的地方，不然为何，它在我的记忆里怎么会如此的似曾相识呢？不然为何，我的心里会有这样柔肠万缕、千折百回呢？

　　那一地的落红啊，映红了我的脸，我捡起那飘落满地的花瓣，一片一片，瞬间，潮湿了我的眼……

其实，那天在桃花源，我就想告诉你，我们能记忆的，只有今生今世。

那么，今生我们遇见了，就不要再让我离开你的视线，不要让我离开你的心灵，好吗？

因为，你是我一生都无法忘却的真情，你是我今世最美最真的爱情。

让我一生一世都不要离开你，因为我怕，我怕来生你找不到我，或者找到了，我们也无法在一起……

我想，我们一定也会有三生三世。

如果有来生，我不再做你的爱人。

我愿意做你手心上的一颗朱砂，做你身体的一部分，任何风雨都不会再将你我分开。

你走到哪里，我就跟你到哪里，你痛我也痛，你疼我也疼。

再也没有别离，再也没有伤害，只要你摊开手掌，我就在你的手心。

没有遥遥相隔，没有生死别离，生与你同在，死与你不离。

在最好的年华，遇到最美的你

每当想起你，就想起我们如歌的青葱岁月。

你曾领着我，穿过阳光雨露，穿过心灵的百草园，去寻找鲁迅先生笔下那碧绿的菜畦，光滑的石井栏，高大的皂荚树，紫红的桑葚……

你曾牵着我，走过大街小巷，走过忙碌的岁月，在微风细雨里，轻吟清照的那首红藕香残玉簟秋，轻解罗裳，独上兰舟。云中谁寄锦书来？雁字回时，月满西楼……

就这样，我们伴着一盏清静的时光，爬上东篱堆砌的城墙，在清纯的世界里，寻觅一隅宁静，安守一场淡泊。

葱茏时光里，清幽灯光下，留有我们不倦的身影，那条幽灵的小径，留下了我们舒心的微笑……

我轻轻地走，你悄悄地看，身后留下了彼此深深的眷恋。

我们穿过一道道岁月的江河，走过一条条时光的溪流，你牵着我的手，去梦想的远方。

远方的路上，也许有失意，有彷徨，或者雪雨风霜，但是，因为有了你的陪伴，我再也不会彷徨，我相信，我们美好的梦想会在浓郁的暖香里，更加茁壮。

在最好的年华里，遇到最美的你，于是，所有看过以及没有看过有关你的章节，都在郁郁葱葱爱的百草园中，弥漫着一簇簇暖香。

我在一片清澈的世界里读你，你有江南的婉约，你有江北的风骨，你有天空的高远，你有大地的宽广。

我为你，在文字里耕云种月；你为我，在画卷中植花育草。

多少花儿，为你盛开？多少心思，为我倾慕？徜徉在温暖的情怀里，为一份荡气回肠的真挚情怀和刻骨铭心，久久不能释怀。

我们在美好的世界里，聆听花语，捻指诗意，享受着那份简单而纯真的美丽。

在我心里，你是一位玉树临风的江南才子，在你心里，我是一个才气横溢的北方佳人。我说你有男子的豁达与磊落，你说我有女子的温婉与秀美。

在我们心里，岁月就是一首无懈可击的朦胧诗，春花秋月，寒冬飘雪，每一个季节，对我们来说，都是魂萦梦牵的花期，浪漫着五彩缤纷梦想。

在未来的日子里，我们踏着一同走来的光阴，一如既往地安心守候，守候这水墨中的一弯清浅、一抹温情还有这一处处宁静的淡雅情怀。

在最好的年华里，遇到最美的你。

每个清晨，你都会如约而来。你像每一天清新而美丽我的朝霞，你如每个日子我不能缺少的温暖。你总是把美好幸福和阳光明媚聚集在一处晨曦里，朝朝把我呼唤；我总是把云水禅心和俊逸才情收集在一盏青灯中，夜夜伴你入眠。我愿意用我认为最为宝贵的时光品读你，欣赏你，聆听你。

你总是带给我殷殷的期待和满心的欢喜，带给我一片阳光的明媚和雨露的澄澈，还有无数个满载希望的未来。我们洒下一路的清新与明媚，温暖着时光，温暖着岁月。

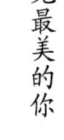

感谢你，这么多年，依然还在

不经意间，总是感慨流年易逝，感慨苍茫人生。然而，在一季一季的反复轮回里，那颗心，皆因不老的心情而依然年轻，那抹时光，皆因旖旎的梦想而变得美丽玲珑！

想写你的时候，心里倒有些小小的心酸了。

我俩一个在南方，一个在北方，我们相识十年了。

其实我一直不敢写你，我怕把你写得暧昧。其实，我也无法把你写得清晰。十年，相信这已经不仅仅只代表一个简单的数字。

这么多年，我们都记得彼此的生日，每年生日的时候，我们会送上生日礼物。礼物有贵有轻，但是情意永远厚重。

这么久，如果有一个人，突然在某一天，掐指计算着另一个人的生日，我想，那个人是幸福的。

这么久，如果有一个人，在蓦然间，会想起那年那月的温暖，依然微笑如花，我想那段记忆是纯美的。

这么久，如果有一个人，轻轻翻阅着曾经暖香的文字，默默欣赏着一处处至美的风景，依然热泪盈眶，我想，那定是一幅幅无与伦比的美丽画卷。

这么久，如果有一个人，举手投足间，蓦然回首时，对那些过往不曾悔恨，不曾倦怠，不管风花雪月，不管世事芳华，依然用一颗恬淡的心惦念着，牵念着……

我们相隔遥远，但是彼此挂念。紫陌红尘中，是你，丰盈了我岁岁年年的守望。这，何尝不是人生的一种佳境。

这么多年，我想我们的情意也许早已经从友情转变到了亲情。毕竟，人生没有多少个十年。

　　你对我，有父兄一样的呵护，有手足一样的关爱，有知己一样的懂得，有亲人一样的温暖。

　　你知道吗？我一直怀着一颗极其虔诚的心，站在你快乐的河边祝你快乐，站在你幸福的背后送你幸福，站在你平安的面前给你平安。你的生活我无权参与，你的风景我有权欣赏。无论你生命的旅途出现什么，我都会以生命名义祝福你平安快乐！

　　多少年后，忽然感慨，原来，没有错过的就是最美的风景。

　　在这个清晨，冬日的阳光已在东方冉冉升起，万道霞光映照在我的脸上，柔和着我的微笑，我想让脚步临近的春风悄悄启程，飘过千山万水，将一份雪一样的情意，送到你身边，无论沧海桑田，无论人生变换，它永远至纯至美！

　　人生的相遇，那些惊艳了时光的相遇，那些温柔的岁月的相伴，任时光如水岁月轮转，仍然如一束春阳的明媚，滋润着心扉，温暖着流年，且行且珍惜！

心中的图腾

我是一个不能没有爱的女子，爱是我生命的营养。

我是一个不能没有梦的女人，梦是绚烂我生命的颜色。

爱是我心中的图腾。这个图腾，让一颗冰封的心不再寒冷。这个图腾，上面篆刻的是甲骨文，是我的深情，我用这个图腾，建造我内心世界的不朽长城。

听一首谢军的《碎心石》，直听得我热泪盈眶。用手轻轻擦去眼角的泪花，一种莫名的感动与悲壮袭上心头，终归自己是感性的，寂寞的时光里，空洞的灵魂张开了翅膀，想放飞自由，寂寥的心直直地坠，含蓄的外表下隐藏着张扬的个体，膨胀。想挣脱，坚守与叛逆总是无法协调，可距离又是那么的近……

我知道，在这个温暖清澈的四月，你依然期待着我的诗文，等待我万语千言的华美。而我，也一样在这个喧闹的世界里选择了安然守候。

总有一颗不安定的心，想去探寻外面的世界。喜欢小桥流水，更喜欢大漠孤烟，喜欢繁花似锦，也喜欢烟雨蒙蒙。也许，我是矛盾的结合体，也许，我只是想用流浪去安稳一颗驿动的灵魂。

是不是骨子里天生就有一张渴望灵魂飞翔的翅膀？是不是一定要用这万水千山的情意才能把真爱供养？

真的很幸运在最好的年华里，遇到了最美的你，所以，我不想辜负今生。我想让这份美丽，这份期待，在寂静的时光里，盛开出纯美的花朵，永远不会凋零。而我的泪，我的笑，我的孤独，我的美丽，是流年里爱的甘露与营养，绚丽着这一世脱俗宁静的时光。

其实，我多么希望有一天，我不再是海边上空流浪的云朵，而你，也不再是苍茫大漠遗落的胡杨。我多么希望有一天，我不再把心灵寄托于明山秀水，而你，你也不再把思念寄予壮丽山河。

只希望，我们把爱捧在手上，静静地分享，把情安放心头，悄悄地共度寂静时光。

从此，我们把一颗心守候，不让繁杂的思绪浸染心的颜色；我们把情守候，不让不散的阴霾遮蔽晴朗的天空；我们把眸光守候，不让漫天的风沙迷住彼此的双眼；我们还把爱守候，不让泥泞的风雨羁绊爱路前行。

无论何时何地，无论天涯海角，我也要将生命里盛开最美的花儿，留给你！

在无数个昏昏晨晨，给情希望，给爱供养，将图腾烙在心上，守住心，守候一抹静美时光。

就这样静静地想你

你说你喜欢读我阳光的文字,喜欢看我阳光的心情。其实你不知道,因为你,我才有这样阳光的笑脸。因为,你一直是我幸福的源泉,一直是我明媚的四月天。

你说你喜欢看我灿烂的微笑,喜欢读我深邃的内涵。其实,你不知道,因为你,我才有这灿烂的微笑,因为,你始终是我喜悦的源泉,你才是我灿烂的四月天。

我喜欢托着下巴静静地想你,想你的时候,我一定是微笑的。尽管你看不到,但是你一定能感觉得到。我想,那头的你,也一定在轻轻微笑。

我喜欢低头傻傻看你的头像,甜甜的想你,想你的时候,我的内心一定是喜悦的。尽管你不知道,但是你一定能感应到。我想,那一端的你,一定也在傻傻地微笑。

每次想你的时候,我愿意这样把大把大把的时间消耗在无为的光阴里,我愿意就这样为你逝去我认为最为宝贵的时间,因为,即使是虚度,想你也是我生命里最美好的时光。

每次想你的时候,我情愿这样把宝贵的时光看作浅浅的流水,因为,即使是白白溜走,想你也是我生命中最宝贝的光阴。

我想你的时候,我是安静的,是自由的,是淡泊的,也是美丽的。我想你的时候,我是幸福的,是从容的,是空心的,也是潇洒的。

我想你的时候,是空灵的,是清新的,忘了忧愁,忘了繁杂与落寞。我念你的时候,是自信的,是洒脱的,我忘记了烦恼,忘了名利与世俗。

因为有你,再黑的夜都不再惊慌,因为有你,再长的四季都不再漫长。因为有你，再难的路都不再彷徨，因为有你，再黑的夜都不再迷茫。

我们用彼此的眼神，酿一坛杏花醇酒。山是你的俊朗伟岸，水是我的柔媚温婉。你的情思于我，就是期待的眼眸，写满惊喜与爱意，写满惊艳一世的诗集。

我们用彼此的心意，绘一幅天地佳作，地是你的温柔贤淑，天是我的自强高远。你的情思于我，就是贤美的内心，写满温柔与聪慧，写就光耀世代的华章。

我情愿在这一往情深里，享受情意。这份情意，明媚在我的微笑里，绽放了一千零一夜。这份情意，是树影斑驳的阳光，给我们尘世间最明媚的温暖。

我宁愿在这相悦的感觉里，享受温情。这份温情，灿烂在我的内心深处，明媚千年万年。这份深情，是夜空灿烂的星辰，给黑暗的夜空最温暖的希望。

在这个美好的季节，我守望着过去与未来，轻轻地微笑，静静地想你……

在这个绝美的时代，我遥想明天与梦想，大声地呼唤，深情地想你……

我们说好牵手一起走的

　　我们一路牵手走来，经历过那么漫长的岁月，我们一同经历贫穷，困苦，风雨，磨难；一同见证着富裕，坚定，美好，茁壮；一同走过那么多美丽的地方。想想这些，蓦然间，我就红了眼眶，迷离了双眼。

　　我们说好一路牵手走的，可是，为什么，一个不小心，我们还是走到了尽头呢？

　　本以为，我们像每次一样赌气，本以为，这只是短暂的别离。本来还有无数个想象，想象着再见时的欢乐和甜蜜，想象着言归于好的幸福与美丽，可是到最后的最后，我们却一直一直都没有再见，以至于所有准备好的道歉、分离后刻骨的想念以及那孤独疼痛时的泪流满面，再也没有机会倾诉，再也无从诉说……

　　我们本来说好牵手一起走的，可是你怎么就把我丢了呢？我们是从什么时候开始不在乎对方的呢？我们从什么时候开始就这样冷若冰霜了呢？我记得你伤过我千次万次，我都是哭过就笑了呀，我都是转脸就忘了疼的啊？可是这次，我哭了千次万次怎么就笑不起来了呢？

　　我们说好牵手一起走的，可是我为什么就放手了呢？你是从什么时候开始冷落我的？我是从什么时候才感觉出你已经不爱了呢？那时候，即使我有再多的过错，你都从来不上心的呀，你都是宽容醇厚从来不会记恨我的呀？可是这次，为什么你的心就坚如磐石了呢？

　　没有谁先回头，也没有谁主动低头，更没有像往次一样因为害怕失去而不知所措。我才知道，人生往往就是这样，一个不经意的转身，或者赌气地暂时离开，却成就了一个永别。即使感情多么的刻骨，而有一份伤，却使两个人永远不能复合。

  于是，过去所有的承诺都已成空，曾经所有的山盟海誓都成为今生再也无法实现的谎言。回想以前那些点点滴滴的喜怒哀乐、一幕幕争吵后的言归于好以及在相处时的幸福和欢乐，都在不知不觉中成了一种永远的回忆。

  也许，我们还会一直念念不忘曾经一路牵手的人，其实，不是那一路上有过多少美丽的风景，不是生命里的遇见有多么盛世辉煌，而是这一路上的真心付出和倾心相待，自己原来是多么看重。因为这一生，我们不是对每个人都能做到掏心掏肺；这一生，不是对每个人都能心甘情愿地好。

  我相信，时间是治愈伤口的最好良药，就把这一切交给时间、交给明天、交给未来的岁月吧！

你是我最美丽的等待

　　阳光，很暖，窗外，明媚欣然，园子里逐渐漾起的一片绿意，我知道，春天来了。

　　你说，春暖花开的时候，你就会来，于是，我在去年那个漫长的冬季里，就开始描绘着美好相聚的蓝图；你说天暖了，你就会来，于是，我在一次又一次白雪飘飞的日子里，将雪花悄悄珍藏，让雪根生成绿色的情意。

　　其实，你从来不知道，我不是等了一个季节，我是等了一个轮回。

　　还记得，与你邂逅，是在多年以前的秋天。从那时起，我就深深地爱上了每一年的秋天。

　　因为有了你，我的每一个日子都是如此的美好与闪亮，因为有了你，我爱上了一年四季的温暖和薄凉。

　　想起每一次争吵，自己全然没了风度，没了修养。想起那些快乐幸福的日子，又给我生命里增添了多少温情与浪漫的回忆啊！

　　记得和你走过的每一条路，每一条老街，每一处风景，都留下我们的幸福和甜蜜。

　　总是想起那个古老而又陈旧的江南小巷，想起在遥远南方繁华的都市，想起总统府旁那条长着古老梧桐的街道，以及一次次行走在夫子庙那条繁华的大街上……

　　总是想起那个深秋十月的傍晚，在一望无际的芦苇荡里，我们走在木板制作的栈桥上，那时，夕阳、芦苇在清澈的河水里泛着幽幽的波光。

　　还想起我们两个人静静地站在海边，那一轮海月光哦，定格在了那个温馨的晚上……

那些星辰，那些花草，那些点点滴滴，早已经在生命里交汇成最纯粹的美好时光。

一个个春夏秋冬，在身边悄然溜走。等待，在一年年的青春时光里，成为我心中纯美而又执着的守望。

我不在乎时间的长短，不在乎再有多少个春秋，等你，早已是我一生美丽而庄严的信仰。

我知道，总会有那么一天，你一定会如约而来，一定会挽着春色与静美，微笑着向我走来。而你到来的那一日，便是我一片明媚的春天。

我总是喜欢伸出手，想握住你，握住时光……我知道，我握住的是我们的曾经和过往，握住的是你的心和希望。

在这个美丽的春天里，我依然撒下希望的种子，不与谁诉说我清浅的心事，就这样安静地等你。而今，你依然是我生命里最美丽的等待，而对春天的渴望，也会成为永远……

如果你再也找不到我了

如果你再也找不到我了，你肯定知道，在某一个角落里，会有我的些许足迹。

当你看到那些点点滴滴的情意，我相信，你的心依然温暖，那些会陪着你，陪你一辈子。只要你不删除，我就在那里，一直在。

你听"长亭外，古道边，芳草碧连天……天之涯，海之角，知交半零落"……天涯海角，我都在你的生命里停留过！

如果你再也找不到我了，我相信，你也不会再找我。因为相遇是一种偶然，离别是一种必然。

我会依然记得那个与你相遇在路口。在那个兰花盛开的季节，记得曾经的那份美好，记得那份幸福。遗忘，或许是一种美丽。离开，只是一种抉择。

"梧桐叶上三更雨，叶叶声声是别离。"这，不过是一场凄美绝伦的风花雪月。

如果你再也找不到我了，不要叹息，不要感慨，不要惋惜，不要无奈。生命，犹如一个车站。在这个站台上，我已经站立了几十年的光景，亲自迎接和送走了一批又一批上车和下车的人。

看多了离愁别绪，看多了多情与无情，看多了人来人往，看多了繁华与落寞。也许，离去的早该是我！"此去经年，应是良辰好景虚设。便纵有千种风情，更与何人说？"

如果你再也找不到我了，我知道你会想我。会在蓦然的某一时刻想起我，会在你寂寥时记起我，会在你痛苦时盼着我，会在你流泪时念着我……

"落花已作风前舞，又送雨窗前。满院落花帘不卷，幽幽芳草远。"这个世界的美，不仅仅来源于相知相惜的刹那，还有那毅然决然离去时定格的永恒。

如果你再也找不到我了，可能彼此依然记在心里。也许，离开以后，才会有了更多的思念。

其实，这一生中，曾经携手同行，已是很大缘分。我深深知道，即使你找不到我了，你也不会恨我。因为，人生自是有情痴，此恨不关风与月！

让我们做心灵的知己,好吗

让我们做心灵的知己,好吗?我们的心是相通的,我们的情是美好的。你是我心中明亮的一扇窗,打开它,迎面而来的是清新的空气和温润的微风。风轻轻拂过我的脸,是那样的幸福和舒心。

让我们做心灵的知己,好吗?你是我生命里的一首诗,遇见你,我大片大片的才情奔流而出。我愿意为你将这份情愫装进纯净心海里,我愿意将这份情怀洒向高远的天空中,让云知道我的心事,让风明白我的情意。

让我们做心灵的知己,好吗?我们没有时间、没有时空的距离,没有心灵、没有年龄的界限。你踏着快乐和幸福的足音,面带微笑地向我走来。你一定是上天派来保护我的天使,带给我一个欣欣向荣的世界和一片阳光明媚的春天。

我相信,冥冥中,一定是命中注定与你今生有这样一场美丽的相逢。不然,茫茫人海千万人中,我怎么一眼就认定了你呢?

让我们做心灵的知己,好吗?今生,我们不能越过城墙,愿意将这份情感安放在心底最宁静的港湾,在时光深处,生长成一朵幽静的兰花,在似水流年里,散发着幽幽的清香。

平凡的日子里,我能感觉得到你的关心和体贴,宽容与大度。普通的生活中,你能体会到我的温暖与安静,美好与阳光。我们彼此欣赏,真心快乐。

让我们做心灵的知己,好吗?我们从不会向对方索取什么,也不会想付出,要得到什么。你总是默默地关心、无私地奉献,用一颗真挚的心灵温暖我孤独的灵魂。而我,除了这贫瘠的语言和万千的文字,以及这不再年轻却依然青春美丽的大好年华,再也没有什么可给你的了。但是,这一直是我视为宝贵的珍宝。

让我们做心灵的知己，好吗？你不会成为我的负担，我不会成为你的累赘，我们真实地诉说，细心地聆听，深深地牵挂，默默地祝福……两颗心安然守候，不说永远，不谈爱情。只有一份懂得，如清澈流动的小溪，在岁月光华里静静地流淌……

如果有一天，我们再度重逢

如果有一天，在漫长的时光里，无论是巧合，还是偶遇，不管是在繁华的城市，还是在街头的转角，我们再度重逢，我是该欣喜，还是该诧异呢？我是与你倾心畅谈，还是相见无言呢？

我真的不知道我该用怎样的面容来面对你，真的不知道该用怎么样的心情来看那个曾经让我欢喜让我忧的你。

我只知道，曾经，在我的生命里，你是生长在深谷的一朵幽兰，春去秋来，与我相依相伴。我只知道，曾经，你是大漠孤烟的一棵不倒的胡杨，倔强地等了我千年万年。

曾经，你是我遥远而又幸福的源泉，你是我今生最美而又凄美的等待，多少日子，多少岁月，依然静默期盼，为真挚的情意编织出纯美的花篮。

多少次，是你，陪我叹息，陪我惆怅，陪我伪装，陪我流浪，陪我彷徨，陪我疯狂。

多少次，是你，陪我幸福，陪我痛苦，陪我欢笑，陪我流泪，陪我快乐，陪我忧伤。

而今，我真的想不起我们是什么时候什么原因开始走向陌生的，我真的想不通你怎么就决然而去了呢？是时间平淡了彼此的真情？还是岁月沧桑了那颗执着的心灵？是情意经不起时间的考验？还是美丽必须走向凋零？

也许，你从来不知道，自从你走后，我生命的一处处葱郁变成了荒芜。我彻骨的想念，犹如大江流水，淹没了我的城池。

你从来不知道，我把一首诗切成段，上面刻上今生和来世、过去与未来，把它放进风里，因为我知道，它会飘向某个人切切不忘的远方……

一次次，我剪下一片片月光，精心绣上你的名字，然后把它挂在树上，让那份美好在日月星辰里悄然生长。

一次次，我在湿漉漉的手心上，写上你的名字，漫长时光里装满了无数的相思和丰满的记忆。

茫茫人海，我相信，总有一天，我们会重逢。重逢，也许是再续前缘，也许，只是擦肩而过。

如果我们重逢，我们还会不会如从前一样在万千人中一眼就认出彼此呢？那些尘封在心底的记忆，是否瞬间像雨后的春笋郁郁丛生呢？我是否还会怨你当初的无情无义，不愿宽恕你的相负相弃呢？

我不知道，我真的不知道！

我只知道，我于你，从来不需要想起。你于我，永远也不会忘记。纵使记忆被时光的风吹得一穷二白，一些童话只剩下缥缈的轮廓，但心底的那份暖一直还在。

其实，如果我们重逢，我想我还会对你真诚地微笑，因为时光轮转，那份美丽的过往已经风干成生命里最清澈的回忆，无论何时想起，都不会斑驳。

时光匆匆，即使我从来没有忘记过你，但是，我愿意在以后的岁月里，寄一份情长，委身于岁月的枝头，让美好的记忆在岁岁年年里真诚剔透，岁月留香。

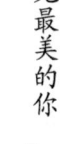

与你相识，是一种缘

和你相识，是一个巧合，也是一个必然；是一种缘分，也是一种修行。

我们没有"众里寻他千百度，蓦然回首，那人却在灯火阑珊处"的惊喜，也没有"身无彩凤双飞翼。心有灵犀一点通"十足的默契，我们拥有的是那种默然相知，那种惺惺相惜，即使看不到彼此的眼神，依然能感知相互发自心灵深处的声音。

有一种懂得，也许从来都不需要言语。

我们相隔万水千山，只是隔屏听过你的声音。但是却给我留下了深刻的印象。你曾经毫不忌讳地向我吐露了你的心事以及你的经历，尽管我那时只是一个倾听者，但是，我的感情还是随着你的幸与不幸的故事而跌宕起伏，或欢喜或忧伤，我的情愫就那么忽然地对你生发出一种爱怜与敬仰……

即使没有太多的了解，我也能感觉得到你是一个善良而重感情的人，你是一种真诚而高尚的人。在我心里，我们没有年龄上的差距，更没有金钱与地位的划分，我们的心是平等的，我们的情意是温暖的，就像浩瀚夜空的星星，只要抬头，就能看到彼此眨着眼睛，那是在向对方问好，也是在轻轻地微笑。

有时，一个人走在大街上，也会忽然想起你，想起你的往事，想起你是否安好。就会禁不住拿出手机对你问候一声，我们不是相濡以沫的情感，也不是相忘江湖的薄凉，我们只是淡淡的情意，淡淡地记起。

其实，如果有一个人，在某一个时刻，突然想起另一个人，于是心里忽发一种惦念，明知道对方应该很好，还是忍不住去喊对方的名字，这是不是说明这个人一直住在心里呢？即使不是朝朝暮暮，淡淡的情意，也很真。

曾经有无数个梦想，渴望眼睛与眼睛的相逢，渴望倾心地交谈，渴望走过千山万水，能够握着彼此的手，让友情在心底默默地增长，信任之花在彼此心间悄然绽放……

如果有一天我们相逢，我会默默地注视你的眼睛，一定会读懂你刻骨铭心的深情。

如果有一天我们相逢，我会把我的故事，讲给你听。

我们的情意就像是一条缓缓流动的溪流，像一片温柔轻拂的白云，像一朵盛开的花朵，像一曲余音袅袅的笙箫。淡淡的真情、淡淡的品茗、淡淡的共鸣。

与你相识，真好！

今天，我把长长短短的句子串联起来，送给远方的你。愿你善待自己，拥抱幸福，用真诚的微笑迎接美好的明天。

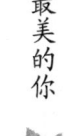

一路上有你

认识你，是我人生中的奇迹，让我知道生命里还有一个人让我这么快乐和幸福。岁月中，点点滴滴凝聚了多少真情，时光里铭记下多少柔情。

从一见如故到心手相牵，那些一路上携手走过的快乐、忧伤、幸福和痛苦，都见证着那份不离不弃的深情！在心里，有根深蒂固的感情，有一道洪水冲不破的堡垒，有自信筑起的城墙，再也不可能有人走进来……

有一种付出叫心甘情愿，深深知道，付出这样的情感和真心，值得。

每当有一个熟悉的声音在耳边缠绕，握着电话就像自己握着一个人的手，心里的感觉不知有多温暖多开心啊！那一瞬，让人好陶醉，真真切切地感到，听到彼此的声音是多么的重要，多么的甜蜜。

就这样一路走来，多少执着，多少欣慰，多少泪水，多少不悔，在不知不觉中，彼此在为对方改变着自己。执着的感情在坚定中成熟，有矛盾和误解，但是彼此已经知道如何化解，因为我们越来越懂得什么是珍惜。

遇上你是我的幸运，守望你是我的执着。这条已经伸进彼此心里的长路，还要一辈子慢步丈量。彼此知心过，就是这辈子念念不忘的幸福。

我深深知道，在这条路上，岁月带走了许许多多的深刻，回首以往的时光，曾经点点滴滴的记忆在心里依然美好。依然记得相识的日子！那个将美丽与鲜花撒满人间天堂的童话。

无悔，今生与你相识！即使苍天易老，即使雾里看花，我深知你都会在遥遥的夜空祈祷；即使心已斑驳，即使落花凋零，我深知一生都无法将那份记忆抹去！

这一路上，我们也许有过遗憾，但是，人的一生最美的是遗憾，当所有的愿望都成真，也许就不是有这份美丽的心酸和期盼，也不会有如此深沉的情感和感动！这个世界，我们谁都离得开谁，重要的是我们离开了也要活得精彩与美丽。

其实，我们从没有离开过，一直心心相连。愿得一心人，白首不相离，这种情感是纯美的，我也知道，任何的风雨，也不再会将我们分开。我唯一能做的，就是用点点墨香，将祝福洒满天空，用幸福和快乐装饰成的耀眼花环，套在你的脖颈上，让你再也跳不出快乐的圈，永远生活在幸福里。

一个故事，一个情节，一个相许，一个执着……诉说着不老的传奇，凝聚着不离不弃的神话。其实，只要拥有过，就是最美。

以后的路上，也许，还会有赌气与争吵，还会有误解和天昏地暗，当然，有了这些，才会有包容的言归于好，才会有不计前嫌的和好如初。如果两个人一年相敬如宾，三年不温不火，五年相对无言，即使相处十年，也只是一个名字而已。

一路上有你，争争吵吵，握手言和，伤过和气，不伤感情，挺好！

一路上有你，高山流水，清风明月，阳光明媚，春暖花开，真好！

前面的路还很长，但是她要轻轻在他耳边说：一路上有你，苦一点也愿意！

千里之外

一

这个盒子，装了满满的咖啡种子。

我要寄到千里之外的甘肃，寄给一个二十多岁的小伙子。

要了他的地址，我说：虽然种子不是很多，但是，满可以种几亩了。

咖啡豆的种子很普通，娇小玲珑，但是粒粒饱满，精神抖擞。

每次看到这些种子，我就想起那遍地咖啡，在五月里发芽，在六月里开出满眼金灿灿的小黄花，像星星，眨呀眨着眼睛。像油菜花，摇呀摇出风情……

在几近严寒的冬月，历尽艰辛，才将咖啡收豆进仓。其中辛苦，只有爱人心里最清楚。

一粒粒种子，是希望，也是收获。

二

他有着一颗单纯宁静的心，爱文字，有梦想。

与他素未谋面，但他对我万般信任。

他曾经说，有一个梦，就是能收到我亲自种植在咖啡园中的咖啡，那将是多么幸福的事情啊！

源于他对我的那种绝对的信任，在咖啡收好的第二天，我亲自打包，将这份能满足他美好愿望的一份心意邮寄给了他。

邮寄的这天，正好是平安夜，圣诞节，一个很有纪念意义的日子。我想，这个日子，为我们千里之外的友情更多了一份浪漫与回忆。千里之外的他，一定拥有了一份美丽和感动。

礼在表面，情在心里。

三

和我索要咖啡豆的远远不止他一人，但是，邮寄的，他是唯一一个。

我很慷慨，但是我分情况，看轻重。种植咖啡，是我感性的决定，但是，开花结果，却是理性的出售。

既然我不是一个慈善家，我没有理由去帮每一个人去实现索要的愿望，也没有资格去拿着这些昂贵的种子去挥霍。

对这个从未谋面的他，我愿意这样做。因为，信任，是相互的。

更重要的，我是想让他知道，有些愿望，很容易实现。有些梦想，不是需要金钱就能兑现的，那些看似遥不可及的东西，可能只是一个信任，就足够了。

同时，我也想让他懂得，雨儿，值得他信任！

咖啡种子里，有我的梦想和等待，有我的快乐和艰辛，有我的期盼和幸福！

希望他在那片贫瘠的土地上，种上满地的咖啡，让它开花结果。

咖啡种子，飘啊飘，飘到了千里之外……

你是冬天里飘起的一片洁白

——写给永清的一位的哥

窗外,又飘起了雪花,那玲珑剔透的片片洁白,仿佛讲述着天上人间的美丽童话,就连吹过的风儿,也被它清洗过一样。

这是入冬的第二场雪了吧。可我惦念的还是那第一场雪。

记得那是十一月的初冬,我下班的时候,天空居然下起了盼望已久的飘雪。冷风夹杂着片片雪花,打在脸上生疼。我用大衣裹紧身体,将围巾严严实实地包在脸上,只留两只眼睛看外面的世界。都说下雪不冷化雪冷,可是,我明明感到了彻骨的冰冷……

看着这漫天白茫茫的世界,很是喜欢这种天地相接绝美的风景,也一直喜欢听踩在雪上发出咯吱咯吱的声响,可是,我还是应该以最快的速度回家吧,家,才有温暖。

家离单位有四五里路,还是不要步行了,打车吧。

我下意识地摸了一下口袋,正如我所料,口袋里空空如也,一分钱都没有!

我才发现,我一无所有的口袋与这漫天洁白的世界是一幅多么和谐的画面啊,我自嘲地笑了,这,就是自己!

在单位门口,我看到一辆出租车,司机把窗玻璃摇了下来,正目不转睛地看着我,可能看出我有打车的意思,还没等我说话,他就说:上车吧!

我看了一眼这个司机,眼熟。虽然从未说过话,但是,我总看到他在单位门口候着。今天我仔细看了一下这个司机,四十岁左右的样子,略长的脸,嘴巴稍微有点大,我没有犹豫就上了车,心想,这样的天气,管他要多少钱,管自己口袋里有没有钱,到家再拿钱呗!

等到了小区门口，我不好意思地下了车，难堪而又尴尬地说："请你等一下啊，我去给您取钱。"

他说不用了啊，下次再说吧。我说那不行，你等一会儿啊。我刚要转身回家拿钱，却看到他已经倒好车离开了小区，瞬间消失在白茫茫的世界里……

从那一天起，我下意识地每天身上都带着钱，因为，在我心里，欠了一次出租费用，而且我知道，他在我们单位门口等乘客，想再看到他应该也不难，到时还他钱。

因为有那个大雪飘飞的日子，因为我心里总感觉欠着别人的钱，于是我更加注意他的存在。可是，从那一天起，我居然再也没有在我们单位门口出现过。

一天天过去了，一个多月了，我忽然对这个司机产生了一种担忧，莫不会出现什么不测了吧？

于是，我开始期待第二场雪，不是期待一种邂逅，而是期待一种平安的召见。

终于又下雪了，这次的雪花小巧玲珑，它满天飞舞翩翩欲仙，给人一种宁静的美，它的柔，它的绵，它的洁白无瑕，它的晶莹剔透，像美丽的小姑娘在翩翩起舞，婀娜多姿，缔造着美丽的传说。

我想：雪来了，你来了吗——那个司机朋友？

我环顾四周，依然人行稀少，一丝莫名的失落涌上心头，也许是骨子里的善良吧，真的希望这个世界一片祥和。

那好，在雪中散步吧，一如我昔日的洒脱，活出我率真的本性！

走着走着，我突然听到喇叭声，下意识地回头，真巧，是那个司机！

他说，我顺路。

等我到小区下了车，我说：连同上次的钱一同给你！

可是，他说什么也不肯要那么多，只收了我这一次的钱，还说"谁没有个急事呀！快进屋吧。这么冷。"

我不好意思地目送他，他好像发现我下车时没关好车门，他下来关车门，在他走向后车门的那短短距离，我却惊奇而又清晰地发现，他走路有些跛，原来他……

我欲言又止，肃然起敬，我的视线模糊了……

虽然只是几元钱，可是在这个物欲横流的社会，他却给了我一个圣洁而又善良的世界。

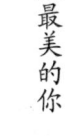

苍茫遮去城市的喧嚣，洁白洗尽心灵的积淀。雪依然飘飞，它用洁白的羽翼，点染江山。在这个冬天，是它把真、善、美，把天籁、月白和风清，全部都吹响了，那样的生动、前卫和文学，那样的美丽真诚与感动！

陪伴才是最真情的告白

一晃又是一年，又迎来了我的生日。

我的生日临近除夕，腊月二十九，赶巧的时候和除夕是同一天。

因为临近除夕，日子特殊，这个时候每个人都忙着过年，忙着贴对子，做可口的饭菜，与家人和美团圆，所以这些年，除了家人，几乎没有朋友陪我一起度过生日。即使我邀请谁，人家也没有人有时间陪我过这个特别的而忙碌的日子。

在我记忆里，有那么一次，只有那么一次，前两年，我的闺蜜颖慧在我生日这天晚上，带着她老公一同来我家，两个大男人在茶几旁聊天喝茶，倒是我俩对着易拉罐每人吹了六罐啤酒，具体我俩一直在说什么，我都忘了，只知道那天夜深了，闺蜜才在老公的陪伴下，摇摇晃晃地回家。

其实我还是很感激她的，不然为何，这些年，为何一直念念不忘那个夜晚呢？有些东西，不是任何语言和金钱都能表达最真的情感的，比如情意，陪伴才是最真情的告白。你知道吗？闺蜜，我不会奢望也不能奢求你岁岁年年这个日子里都来取悦于我的开心，因为我知道这是很难做到的事情。仅仅拥有这一次，已经是我生命里最幸福的时刻，因为越是特殊的时刻，越能让人感觉到一份温暖，让我倍加珍惜。

当然，在这一天，陪伴我最多的就是儿子和他。每一年这一天，即使是除夕，全家也不会吃大鱼大肉和美味佳肴，会准备很多种长寿面的辅食，他亲自做一顿手擀面。即使他擀的面条不是很有水准，但是我还是吃得很幸福。吃面之前，儿子会帮我点上蜡烛，让我许愿，为我亲自演唱一首生日快乐歌……

记得去年我生日的时候，大清早他就出去了。回来的时候，我还没起床，

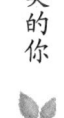

他站到我跟前，突然从背后拿出一朵精致包装风干的蓝色玫瑰，做了一个单腿下跪的姿势，把玫瑰举到我的面前。

我很惊奇，坐了起来，急忙问：这是什么？

他说：蓝色妖姬！

我顿时呵呵笑了，笑得那么开心。原来一个微笑，一个幸福，不是万千财富与珍宝能替代，不是山盟海誓能体现，原来就是这样一个出乎意料的惊喜，一个简单纯粹的话语，一个不大不小的浪漫，一个温馨感人的情调。

这么久，我从来没有问过那枚蓝色妖姬多少钱，它一直放在我打字的电脑桌前。码字的时候，停下来，我会拿起那朵玫瑰看一看，放到鼻尖闻一闻。这支玫瑰，深蓝色，是经过精雕细琢的，花瓣和叶子都是经过处理已经风干的，他选择蓝色我想他也是用心良苦吧，因为我的小名里带着"蓝"字读音。

我一直怀着幸福与感恩的心好好珍藏着这朵花儿，在岁月悠长中，它一直散发着淡淡的清香……

感谢在这个特殊的日子里有你和我共度，让我深深懂得，陪伴才是最真情的告白。

认识你，真好

"你是我的一部书，随手就能翻阅。你是我心中的风景，写满春花秋月。"
——题记

认识你的时候，有花、有草、有海、有山、有星、有月，有蓝蓝的天，白白的云，像一首浪漫的诗，像一曲轻柔的歌，像一条清澈溪流，在我无瑕的心里缓缓流淌。

认识你，有真诚、有友爱、有相思、有期盼。认识你，我的世界里拥有一片灿烂与微笑，我的生活就像花儿一样溢满芳菲！

与你相识，是一个特殊的日子，好像你就是那样悄声无息地走近了我，走进我的视线，走进了我的世界。

闭上眼睛，就可以在雨中倾听到出尘的清澈，可以聆听到花开的声响，那是你悄悄走来的脚步声。我的心儿，像正在开放的一朵莲花，在未可知的宿命里，从不知名的角落里，露出微笑。

翻开那些走过的痕迹，都安静地躺在那儿，散发着幽香。在我心里，你永远有着梦一样的迷幻，如一朵云般的飘逸。你用你的纯真、你的磊落、你的坦荡与我一起书写着我们的故事，我们的传奇。

在我心里，你有着豁达的心胸，有着过人的睿智，有着淡泊的情怀，有着鲜为人知的沧桑与悲壮。你淡定而从容的胸襟，凄美而忧郁的情愫，诙谐而开朗的人生格调，谦虚而严谨的自我形象，影响鞭策着我……

你知道吗？昨天，我还是一枚飘零的叶子，今天，在你的明媚里，渲染了我无限的光泽。

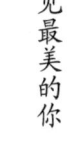

我们的相识，因为你的到来而美丽，整个春天，因为有你而明媚。冥冥中，灵感在悄悄复活，我的思维突然因记忆而有了色彩。

我们的相识，就像雕刻在千年老树上的纹路，时间越久就越深刻。历经了风雨，历经了寒霜，如年轮一样，伴着季节盛开，随着风月舒展。

有关你我的过去、现在和将来以及那些沉沉浮浮的日子，我会在安静的时刻一一阅读。汇涌成歌、成诗、成曲、成画。

或许这是一种平凡又是一种非凡，或许这是一种偶然又是一种必然。

或许这是一种短暂又是一种永远，或许这是一种纠结又是一种坦然。

不管岁月如何变迁，我始终对你轻轻微笑，我远远地注视着你的方向，静静地欣赏你的精彩，悄悄地为你祈福，那一块自由的天地，就是我送你的一片晴空。

而今，我还是由衷地说一声：认识你，真好！

紫嫣，紫嫣

一

这些天，一直想写她，可是我又不敢写，一是写了怕她看见难过，二是也怕自己触景伤情。

说实话，此时，我的眼睛已经湿润了。

她是一个诗情画意的小女子，才华横溢而不失温婉风趣。

她是一个才情并茂的诗人，赋予现代气息的同时具备古典优雅的风姿。

她是从唐诗宋词里走出来的女子，她是一个撑着油纸伞漫步在江南雨巷的美丽姑娘，她的一瀑长发及腰，我想不知道多少男男女女，一定牵动了无数人的遐想与情思。

她叫紫嫣。她指点过我诗词的韵律，可我终究在那方面缺少天赋和悟性，只能悠闲地写着我的散文和小小说。

我一直叫她紫，她叫我雨儿，我们有着同样的职业，我教数学，她教英语，有着共同的爱好——文字。她写诗，我写散文，她是诗人，我是作者，唯一不同之处就是她贤妻良母，我游手好闲。

我曾经在晨风，她肝胆相随，审核，整稿，做事有条不紊而又见解独到。后来我离开了那里，她也相继退出。

我们曾经在静好的时光里相互支持与守候，一晃好几年，尽管少言，或者不语，但是，我们一直彼此关注着。

她的个性签名里写着：经年的岁月变得苍绿，绿成一片深痕，在你我的心上。

其实，我想告诉紫，雨儿平时少言，但是，我们的友谊，在心中早已成为绿洲。

二

从去年开始有些忙碌，文字写得少了，空间也很少去打理，很多动态一晃而过。

错过，往往就是在一个个不经意间。

这天，我用电脑刚刚登陆，一个头像在电脑右下角闪动，我看头像是紫嫣，因为她在我的特别关注里，所以每次她发说说我这里都会有显示，最近紫嫣地说说发得很频繁，几乎每次我都没有点开去详细阅读，可是今天，那个头像闪动时，我点了一下，出现了几行字，但就是那几行字，让我诧异，急切地打开个人中心去详细阅读：

1.昨晚就收拾好包裹，做好入院的准备，只怕这一去至少得上十天才能回来。而远离家的局促和牵挂，疼痛和煎熬，都要一一去承受了。即使我一千个、一万个不愿意，也只能去面对了。

2.出门遇见邻居，问我去哪儿?我骗她说，出去学习！如此，既避免了她的唏嘘短叹，也免了她茶余饭后的谈资。

3.每一日每一日，都有那么多的关注和问候，小女子何德何能让众多亲们如此记挂于心?那些话语，传递的不仅仅是友情，更有发自内心的关爱。俗话说，大恩不言谢，有些回复，我来不及，但我都看在眼里记在心里了，在此请亲们见谅。

4.在说说里一路记述着就诊情形，早已不单是为了记录，为了抒发心中所想，或是矫情，而是为了不让关心我的亲们担心。因为他（她）说，看不见我的动态会担心。而我，不愿你们担心。所以，请允许我以文字的方式传递信息，告诉你们我很好。

5.县医院的切片病理分析已经出来了，证实了她所预见的结果，也和同济专家的诊断一致。还是癌症。我的希望破灭了。

6.昨天哥说，经历过这一场病痛折磨之后，我会对生活有更深一层的感悟。他故作调侃地说道：你这是在体验生活呐！我也狡黠地回答道：以后谁再在我面前嘚瑟，我就挺起胸脯抬起下巴，说："我癌过，你癌过吗?"

7.的确，经历了这疾病的侵扰，对世事有了不一样的感悟。首先，健康最重要，其他神马都是浮云。没有健康，身家数亿又如何？没有健康，爱得死去活来又如何？其次，珍惜值得珍惜的人和情，不要等到失去才后悔。比如我的胆囊，比如我的直肠。最后，古语云，路遥知马力，日久见人心。这话是真的很对。生病这件事让我看清一些人心，仿佛它是一颗试金石，让我真的淡然许多。——《病隙札记》复诊第五天。

在看完这个说说的同时，我的嗓子堵得难受，眼泪在眼睛里打转，我想，这不是真的，一定是紫嫣写别人的故事。

三

在我发现这个说说的时候，她已经写到了——《病隙札记》复诊第五天，我在她的说说里从头到尾查询，还是从五一直查到六一。我的心在沉，在下沉。可是，我还是无形中向世界伸出双手，在心里喊：这不可能！

紫嫣还是和我说了实情，我不想看到的结果还是得到了证实。

我说：紫嫣，你告诉我，你在骗我！说完这句话，我的泪止不住地流下来。

她说：我也想骗你。

我说：我哭了。

紫嫣劝我：雨儿，不要这样，我身体不好，也没有为你的网站做些什么……

突然间，我一句安慰的话都说不出来，我深深知道，面对无情的病魔，我再多的安慰和鼓励都显得那么的苍白无力。

因为，疼，在她身上，过程，还是要她自己去面对。

紫嫣，你知道吗？你太优秀了，在学校里，你是教学骨干，学校的教学离不开你！还记得去年你病的时候，一直不能确诊，在没有康复的情况下，学校就一直催促你去上班，最后，你还是带病坚持去上课了。

在家里，你任劳任怨，孝敬老人，照顾孩子，丈夫，洗衣做饭，辛苦持家。

在文学路上，你是黄冈市作协会员，兼任《楚天文学》《茶村诗词》《怀乡》杂志编辑。在《芳草》、《散文诗·校园文学》《中国文学》《中国诗歌》《青年作家》《鄂州日报》《鄂州周刊》等报刊发表作品数百首（篇）。

紫嫣，细数你的点点滴滴，虽然谈不上丰功伟绩，但是成绩颇丰。是多少人做不到，也是得不到的。

四

从那天开始，我读她地说说，了解她的身体状况，我可能不说什么，但是我在一个角落里默默关注着，听她在说着，唠叨着，就好！

癌，在这个谈癌色变的年代，她，却用文字，用身躯，用微笑，用坚强，用勇敢，用幽默来化解身心的疼痛，我不知道，她的骨子里，她的心，怎是如此的强大？

当自己知道身患癌症时，对老公瞒了一个月。如今来医院动手术，却没有告诉父母。她的心，都用来爱了别人。

小小的紫嫣，我们年龄相仿，三十几岁的小女子，姹紫嫣红的年龄，让我怎不疼惜？

不过，她和他爱人的几句对话，却让我心生崇敬与感动。

她对自己的老公说：如果我治病也需要一二十万的话，那我就放任自流了。

她老公说：即使卖了房子，我也要给你治病！

爱情。在这个时候，爱，才是无限的正能量。在这个时候，爱，也是最温暖的港湾。

五

紫，我是一个一贯沉默和安静的人，我深深知道，我代替不了你的疼痛，也顶替不了你的艰难，请允许默默地关注你，即使我不说话，不安慰，但是，我的心与你同在。

紫，马上春天就要到了，我相信，你的生命亦如春天般苏醒，你会用美丽与安康，迎接新的一年和新的黎明。

后记

紫嫣化疗后，身体安好，心情舒畅，从她身上，我终于知道什么才是一个阳光明媚的女子，什么才是云淡风轻。我依然关注她的动态，她还是喜欢诗词，文字，收藏一些精美的图片，时而晒一下她自己制作的小沙拉，甜点，她依然是一个精致的女子。我们偶尔聊天，她的淡泊情怀，她的热心依然让我感动！

温暖的女子，在每一个五月，我将阳光和美好洒满你仰望的星空，幸福你美好的人生。

陪儿子高考

一

儿子没高考之前,我曾经看一些家长在自己孩子高考时,紧张得不知所措,好像不是孩子在高考,倒像是家长在高考,他们比孩子还紧张。自己心里暗暗笑这些家长:怎么这么不淡定呀,不就一个高考吗?考什么样坦然面对呗。

我一直觉得自己很洒脱,在外人眼里我也是比较看得开的人。儿子十年寒窗,在学习上,我没有费什么心思,但是他一直是平步青云,稳中求进。所以儿子的学习对我来说,从来不是什么压力。

话虽这么说,心也是这么想,没想到在儿子还没到高考那一天,刚刚五月底,我就开始牙疼。回头想想,估计自己都有二十年没有牙疼过了。

我赶紧拿了些治疗牙疼的药,想吃了赶紧好起来,到高考时,牙不疼了,可以好好陪儿子。没想到直到高考那一天来临,我的牙还在疼。

儿子在石家庄高考,我们打电话问他高考时愿不愿意我们陪他,他说不用了。我想可能我们去了他压力更大,于是我说:好,尊重你的决定,我们不去了。

他告诉我们,他们学校一部分考生抽号去其他学校高考,他有幸被抽中了。

当时我的心里蓦然地升起一种不祥的感觉,在本学校考试是多么的天时地利人和呀,去别的学校,孩子能正常发挥吗?

但是我还不能表现出紧张和担忧,只是说:在哪里考都一样,相信你的实力!其实,我心里有千万个不愿意,那么多考生,怎么偏偏抽中我儿子呀……

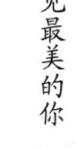

二

我和爱人商量好，尽管答应不去石家庄陪考，但是，我俩六号上午就悄悄去了石家庄。

找了好几个宾馆，挺有意思，平时一百多元的标间，一下子长到三四百，还说高考期间每年都这样，怎么有点趁火打劫的感觉呢。

我和爱人终于找到了一个不错的宾馆，离学校不远，价格适宜，我们就安顿下来了。

中午休息了一会，也睡不着，牙还是没完没了地折腾我。等到下午四点多的时候，我们想去儿子的考点看看，毕竟不是本校。

到了那里，看到了纪老师，纪老师是带领这批考生来看考点情况的。我们和纪老师打了招呼，纪老师说他们马上就应该出来了。因为我们答应儿子不来石家庄的，为了不影响他的心情，为了不给他一点压力，所以我和爱人匆匆忙忙离开了考点。

六号晚上，我感觉一夜都没怎么睡好。从不失眠的我，却睡不踏实，总是醒。

真不知多少家长，此时夜不能寐；真不知多少父母，这样心急如焚，忐忑不安。但是不能说任何一句话。只能安静地陪伴，安静地等待。我想这既是考学生，也是考家长呀！

原来，我也这么不淡定，和任何一个高考家长并没有什么两样啊。

三

七号，不到五点醒来，时间原来是这么样漫长啊。说实话，等待高考，简直度日如年。

考生终于可以进考场了，而上千万个人头攒动的家长，站在学校大门栏杆外，那双企盼的眼神，那焦灼的面容，多少让人心疼。

我和爱人在考场外转悠，有一个地摊卖书的，我上前去看，原来是历年各省高考分数段和报志愿参考。想想自己在宾馆里无聊难挨的样子，买两本书研究一下也不错。

回到宾馆，躺在床上翻翻那两本书，感觉毫无头绪，没有高考分数，再怎么参考也白搭呀。于是没有兴趣再研究，索性把书扔给爱人，说你慢慢研究吧。

一天的煎熬终于结束了，晚上儿子打电话给爱人，因为一直没有给他配备手机，所以用了同学的号码。电话里，爱人不知道是谁打的电话，儿子居然谈笑风生地对他爸说：喂，是冯先生吗？

爱人说：是啊，您是哪位？

对方回答说：我是小冯。

……

一直很欣赏儿子在任何紧张的情况下依然处事不惊和泰然自若，依然乐观与阳光，这一点，是我由衷钦佩的。

没有问他有关考试的情况，好像这是高考忌讳的话题。但是好像无意之中还是谈了一些。他只是问什么时候去接他，还说还要同学聚会什么的。我们没有告诉他就住在他不远的宾馆。好在明天就能接他回家了。

四

第二天，在宾馆里漫无目的地看着手机里铺天盖地的一些有关试题的介绍，琢磨着那个高考作文，考虑着儿子会不会写跑了题。用小小的算盘估计着儿子每科的分数，每科加在一起大概的范围……

后来，想得晕头转向，干脆不去想他发挥得如何，只想快点结束这场无声的较量。这对于孩子和家长简直是一种煎熬。

等他考完了，接他回家时，已经很晚了。我们在回家的路上，他眉飞色舞，高谈阔论，好像发挥很好一样，还说着和某某同学在高中阶段暗自较量，相互彼此语言打压，每次月考谁考得不好对方就特别开心……

我说：这些事情，这个同学，以后将成为你人生中一个亮点和美好的回忆，感谢他吧。

他在路上开始估分说 630—640 吧，回来第二天在网络上对了答案，说620—630 吧。说实话，我心里没底，我想儿子要是考一个高不高、低不低的分数可咋办呀？

等待分数与高考是同样的煎熬，我的牙疼在以后的日子里依然在继续，直到他报完志愿之后，没吃药就渐渐好了。

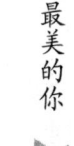

感谢生命里的遇见

记得在哪里看到过这样一段话：人生就是为了找寻爱的过程，每个人的人生都要找到四个人，第一个是自己，第二个是你最爱的人，第三个是爱你的人，第四个是与你共度一生的人，愿时光岁月遇到最美的你。

我每个逐一对号入座，好像自己都遇到了。

感谢岁月终是没有亏待我，让我今生遇见最好的自己，遇见我爱和爱我的人，更有一个与我共度一生的人！

还是很感谢生命，让我在流年里，找到了最好的自己。

其实，我们一生，也是在自我寻找的过程。这一路上，一路迷茫，一路失落，一路失望，一路彷徨，但是，一路也在找寻着希望和光亮。

一生中，做过错事，但是终究长大了，懂得了如何去弥补和以后不会再犯同样的错误。生命里，曾经辜负过别人，也曾辜负过自己，因为谁也不能保证自己一生完美无缺和毫无遗憾，重要的是经历过了，未来的日子里不再辜负才是最重要的。

而今的自己，不再对一些纠结耿耿于怀，不再对一些伤害唏嘘不已，拥有一个淡泊宁静的胸怀，吸收阳光与微笑，远离负能量，懂得了人生的取舍，充实自己，经历和阅历让自己逐步成熟，拥有一个优雅而淡然的自己。

茫茫人海，我终于找到了最好的自己。

生命真的没有亏待我，我是何等的有幸，在我大好的年华里，遇见了我爱的人，而那个人恰好也真心爱我。

人生的遇见定是前世约定的重逢，而在大千世界里，在万千人海中，众里寻他千百度，终于我们还是遇见了，相爱了，这是一份多么美好的感情，任何人都不能鄙视一段真情。

爱一个人，但并不代表他就是能携手同行一生的人，不管结果如何，这一生终究没有错过，没有擦肩而过，是一种缘分。也许，多少年后，我们就会慢慢懂得，那个人已经不是自己如今的全部，但是，他就住在自己心里的某个位置，任何人都不会将他代替。他在生命里给过自己温暖的情意，给过自己辉煌而伟大的爱情，任何时候否定或者鄙视曾经的那段感情，其实都是在否定自己。

即使没有结果，爱过，已经足够！

不要认为曾经爱过就是一种卑微。任何人也没有理由抱怨和记恨一段过去，因为，在没有遇见与自己共度一生的人之前，谁都不能保证自己曾经是一片空白。

感谢岁月，让我在有限的生命里，遇见了你——陪我共度一生的人。

共度一生的人一定是相濡以沫的两个人，彼此熟悉得就像彼此。

在苍茫的世界里，我们一同走过漫长的岁月，捡拾时光深处的暖，用心体会最浪漫的事就是一起慢慢变老的内涵。

岁月越长，我们更加深爱。时间越老，彼此越是依赖。

我是幸福的，因为你对我的好，对我的爱，对我的点点滴滴，让我心甘情愿地与你共度一生。

我相信，你一生中因为有了我也会感到一生幸福与快乐。

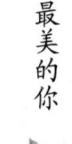

那些闪亮的日子

总是突然间感慨匆匆流年，感慨生活，一晃，自己从年少轻狂的少年转眼人到中年。从一个怀揣梦想的女孩到被现实生活左右的女子，蓦然回首间，那么多人，在生命里的旅程中相遇，有的人，短暂停留，而后走向远方，也有的人，磕磕碰碰，跌跌撞撞，依然还在。

总是想起相识多年的那对中年夫妇，男的是我最早在大辛阁中学任教时的华校长，那时候，我们虽然是上下级关系，但是两家相处得却像朋友一样，经常一起吃饭聊天。他虽然身为校长，但他对我们老师们，都像兄弟姐妹一样对待，没有一点领导架子。而今，一晃二十年过去了，虽然校长早已经离岗，我也早已经不在原来单位上班，尽管现在我们不是经常见面，但是偶尔也会打个电话或者小聚一下，如果遇到谁的生日或者结婚纪念日等特殊的日子，也都会借此机会约上三两家一起小坐，说一说近况，回忆一下当初的辉煌历史，不禁也会热血沸腾。

突然间，想起那些年的那些记忆，那些往事，居然热泪盈眶。

想起一辈子教书兢兢业业、认认真真的贾克静老师，想起说话慢条斯理、教学精雕细琢的秦学勇老师，想起教学幽默深受学生喜爱的李猛老师，还有操着一口普通话的朱巧玲老师……当初，我们几个教同一个教学班，是铁杆搭档。那时候，我们教的是重点班，不知道多少次，让学生把课桌椅搬到院子里，我们同时监场，对学生进行练兵。不知道多少次，几个老师对学生进行深入的研究，优等生，中等生，差生，偏科生……我们一个都不放过。还记得十多年前的非典时期，全国上下学校都停课了，我们几个老师把两个班的学生集合到田地里的空旷大树下，用小黑板坚持两个月给学生义务上课。学生住宿，我们几个老师轮流值班,晚上要住在学校,查宿舍。我们无论是当班主任,还是做这些零碎的工作,都是从没有考虑过利益,那时候奖金补助什么的也没有,只是凭的一腔热血。那种热情,那份无私,而今想起来都是一种发自内心的感动。而那届学生,一直是我们的骄傲,他们也为学校创造了前所未有的升学奇迹。

还记得那个春天,我们几位老师带着两个班一百多人步行去远足,我们在那片梨树地里,学生们唱歌嬉戏,野餐欢聚,我们几个老师在梨树下把酒临风,小酌共饮。

还记得那年的冬天,那个圣诞之夜,我们的学生精心安排的节目,还记得元旦的狂欢,拍下了那么多的精彩剪影……

想起那些时候,我的家就是学校一间半的宿舍,简陋而又潮湿,而这些人,经常在我家聚餐,尽管是蜂窝煤的炉火,我也把它生得旺旺的,使小屋不再清冷,那热气腾腾的饭香,也温暖着我们那一代人的心啊!

老校长,老同事,那些往事,那些回忆,与那些学生肝胆相照荣辱与共的点点滴滴,从心底油然而生,历历在目。虽然世事变迁,然而那份情意,一如当初。

如果真的有一种情感,不管风吹雨打,不管泥泞坎坷,都可以好如初见,都可以相守永远,我想,那一定是生长在真诚信任无私的土壤上的一朵奇葩,那一定是一生中最值得珍惜和固守的幸福。

终于知道,一直鲜活,从来不会斑驳,永远不会走向陌生。

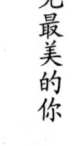

第三辑

岁月留香

女子，一生中也要醉一次

其实，没有几个女子喜欢酒的味道，但是一直觉得，女子的骨子里某些地方，可能还是与酒有缘的。

很多美女、才女于酒醉时都有另外一种风情，《贵妃醉酒》中闭月羞花的杨玉环，"常记溪亭日暮，沉醉不知归路"的宋朝女词人李清照，大观园中的可人儿史湘云，还有董小宛，林徽因……据说都与酒有些渊源。

想起"东篱把酒黄昏后，有暗香盈袖。莫道不销魂，帘卷西风，人比黄花瘦。……"那时刻的女子必定柔情似水、千娇百媚吧，那时候女子酒后的心情，化作了漫天思绪与无边的想象，为世人留下唯美绝伦的千古绝唱。

女子饮酒，其实是一种浪漫的情怀，更是一种感情的回放。胡适先生的那句"醉过方知酒浓，爱过才知情重"这样的情感也许只有在酒后才有，只有在酒后才能看到女子的风情万种吧。

都说喜欢饮酒的女子背后一定有一个不为人知的故事，也许这话有道理，酒，可能给人一种暂时的神经麻醉，释放一种短暂的压力，或者可以宣泄一种情绪。但是，更多的时候，酒对于女子来说，却有另外一种味道。

女子一般都喜欢饮一点红酒，因为它浪漫、温馨、醇厚、甘甜，与温婉的女子相映生辉。在柔和的灯光下，一只高脚杯，杯里放少许红酒，一点一点地品，凝视着它，就像凝视着一段往事，就像审视着曾经的一段情感，此时，那些愁绪，那些美丽，那些沧桑，那些过往，都在缓缓流动的暗香里，在夜色里蔓延开来。

其实，女子不是爱上了酒的味道，她爱上的是醉的感觉，爱上的是端起酒杯的刹那，那种忘我的纯真，爱上的是慢慢喝下一小口，那种醺然与醉然，爱上的是把那或深或浅的忧伤慢慢融入酒里，将那一份开心、一点回忆、一抹幸福、一些想念以及无法言说的故事默默一同饮下，那时，只有酒能懂她的深情、她的唯美、她的纯粹，还有她的万千情怀。

红酒代表着美丽、高贵、浪漫，也是一种情调的象征，所以优雅而美丽的女子喜欢这样的感觉，美丽的女子与美丽的红酒，这是一幅多么美好、含蓄而典雅的画面啊！

可以一个人伴着一曲舒缓的乐曲，独自小酌一杯，将心事倾诉在无言里，此时，只有酒是女子的知己。

也可以唤上闺蜜，边饮边叙，无论是她的忧伤，还是欢笑，无论是她的醉意还是眼泪，相信，她能懂她的言语。

会饮酒的女子像是在品酒，其实也是在品自己，品自己的人生，品一段邂逅或者际遇。那些人，那些曾经，那些疼痛，还有那些美好，都可以在品一口的同时轻轻笑了，或者淡淡地疼了……其实，不是喜欢那样触景伤怀离愁别绪，也不喜欢沉醉不醒的醉意，只是欣赏那种朦胧的意境、微醉的傻气，还有真实的自己以及真实的生命体验。

女人饮酒有时是一道靓丽的风景，是一个感人的故事，是一道想追溯源头耐看的景致，这样的景致，会让旁人醉掉的。

女子，醉一次绝不是贪杯，这应该是一种优雅的美丽。作为女子，真的应该享受一下这样的情怀，人生中如果不醉一次，也许也是一种遗憾吧。

感谢在你的世界里最真实的那个人

我们每个人活着其实都有两张面孔，一张是真实的，一张是虚假的。

男人虚假的面孔是做给外人看的，在世人面前的，他肯定是光鲜的，是正义的，是积极向上的，更是阳光勇敢的，他给人以温文尔雅，彬彬有礼，宽容豁达，正直向上。

而这个人，只有在自己爱的人面前，才是最真实的自己。也只有自己爱的人，才看得到他最真实的一面。

在爱的人面前，他可以发火，可以骂人，可以放下架子，可以斤斤计较。在爱人面前，他可以放下尊严，苦苦哀求，可以怒不可遏，雷霆大怒。他可以撕开自己在所有世人面前所有的伪装，只把最真实的自己展现给一个女人。

女人，在世人面前，大多是美好的形象，端庄、美丽、小鸟依人甚至是优雅大方。

而这样一个女人，在感情世界里，她们对自己爱的人，有风情万种，也有怒不可遏，有善解人意，也有蛮不讲理。有情深几许的温婉，也有撕心裂肺的呐喊。她在爱人面前，是双面人，可以是最温柔乖巧的天使，也可以是蛮不讲理的泼妇。其实，只有那个她爱的男人，才见过她最真实的面孔。

最真实的面孔伤人，也伤心，可是，为什么男人和女人都要珍惜生命里这个折磨自己的人呢？

因为这是一种情缘，在这个世界上，不是任何两个人这辈子都能有这种情缘。你们这辈子遇见了，把最真实的自己展现给另一个人，这是一种缘分。不是任何相爱的两个人都能够在一起，不是任何相爱的两个人都能彼此真实看透，你能真真切切地读懂一个人，那是你一生的心血，你不珍惜，谁又珍惜呢？

男人，他可以对所有的人视若无睹，而唯独对你情有独钟。他对世界上所有的人都可以不在乎，唯独在乎你，他对其他的诱惑都可以毅然拒绝，唯独对你的请求有求必应。因为他深深知道，爱你不容易，想给你最好的，也给你想要的。

女人，对自己爱的人死心塌地，把爱一个人视为人生的使命。没有了爱，她可以什么都不要。她真实地爱，真心地付出。她可以与你一起贫穷，一同受苦，可以为你经受风雨，历经磨难，任何的风吹雨打都打不动一颗坚定不移的心，因为有了你，她才知道什么是唯一。

今生，也许有过无数次擦肩而过，而你们，却把彼此的心用真情留住，理应好好珍惜。因为一个瞬间的错过，就是一辈子的陌生。

你们遇见了，在一起了，这也是最为美丽的真情。你们将真实的自己展现给对方，这是生命里最为丰盈的盛宴。

所以，无论男人和女人，都应该珍惜在你的世界里最真实的那个人。

所有的感情，死缠烂打终归不是最好的方式

一

所有的感情，死缠烂打终归不是最好的方式，徒然灼痛了自己，伤害了别人。应该明白一句话：好聚好散。爱也要爱得有尊严，不爱了也不要撕破脸皮，相互伤害，分手也要分得有风度，有修养，毕竟曾经爱过一场，也真心相待过。毕竟在那样一场盛大的相逢里写满幸福与快乐，给彼此留下一份美好的回忆何尝不好？

真诚地对他说声对不起，为自己给他带来困扰和痛苦说声抱歉，同时，感谢他陪自己走过的这一程，感谢这一路上他所有真心的付出。

二

如果他已经决定和你分手，说明他就不会在乎你，不会在乎你的痛哭流涕，不会在乎你的寻死觅活。相反，会增加他对你的鄙视和不屑。所以，不要用那么狼狈和脆弱的面孔在男人面前出现，不要再对他刁蛮无理、穷追不舍，因为他终归不是你的怀抱和避风港。

仰起头，有尊严地微笑，你也许会突然觉得分开也好，起码可以给彼此一个未来。尽管可能会很痛，尽管会有万千的不舍，尽管可能会有九死一生的劫难，但是，只要过了这个渡口，起码还能好好地活。

三

人生何处不相逢，没有了一个让你爱得天昏地暗的人，你怎么知道转身之后不是柳暗花明呢？

他走了，只能证明他只是你生命的过客，也许，真正的爱情在经历这场浩劫之后才有真正的开始，这只不过是让你懂得珍惜的过程。

告诉他：以后你会好好地生活，快乐地生活，更会骄傲地生活，同时，也希望他幸福快乐。

四

这个世界，不是所有相爱的人一定相守一生，更不是爱得多么刻骨就会柳暗花明，当所有的恩爱都变成喋喋不休的指责，当所有的爱情再也没有了真正的心疼，将两个人都捆绑在无言的痛苦深渊里，无止无休地争吵，再没有了爱的安宁和沉静，这，早已经是一种悲哀。放手，就是最好的结果，转身，是最佳选择。

不要害怕一个不经意的转身就是一辈子，如果两个人在一起没有了幸福和快乐，没有了最初的在乎和珍惜，没有了未来和希望，那么，分开，也是一种睿智。

这个世界本来一片繁华，没有谁，地球照样转，谁离开谁，照样能活。

五

不要删除他的任何信息，因为你能删除表象，你却删除不了记忆。就让时间慢慢将这一切慢慢淡化，你就把他安放在那里，其实他在哪里与你已经没有任何关系。不要恨他，因为你心里有多恨，就还有多爱，没有了爱，谈何恨呢？

快乐地度过每一天，好好地吃饭、睡觉、听音乐、看电视、散步、健身、找闺蜜聊天、潇洒地出行……这个世界，既然你不是他的唯一，自然有唯一的那个在前面等着你；这个世界，既然你不是他最在乎的那一个，那一定是最在乎你的那个人还没有出现或者你一直视而不见。

开心快乐地生活，因为他已经是你的过去，你的现在以及未来，与他，再也无关！

做一个明媚幸福的女子

再简单的女子,也有着细腻温婉的心思,穿过一段段轻烟的岁月,蹚过波澜不惊一城池水,心中依然怀抱着梦想,孑然前行。

再阳光的女子,也一定有过或深或浅的忧伤,只是她能把翻过的山梁,当做活动筋骨;把淌过的河流,只当欣赏风景;把背负过的艰辛,当做生命涅槃的升华;面对挫折与不幸,依然把美好的笑靥,展现给明天。

再淡定的女子,也一样有着优雅的情怀,眸中闪烁着一种晶莹的幸福与感动,内心涌动着天荒地老的歌,也会将满天的星子,化作飘逸的清愁。

其实,我们不必拥抱太多。把发肤留给至亲,把灵魂赠给真爱,其余的,还给天空,还给大地,还有明月清风以及春暖花开。快乐地走,像鸟儿一样唱着歌走;揣着爱走,让幸福熠亮眼眸洒脱地走。要知道,在很远很远的远方,有一处宏阔的心灵家园,所有的生灵和草木,所有的圣洁和污秽,最终都要汇聚在这所宫殿里,萎地入泥,和光化烟。

其实,我们无须掩饰太多,光阴迈着一成不变的脚步,不疾不缓地走,走过一个个春秋冬夏,走过一个个阴晴圆缺,而生命,就在这或长或短的时光里慢慢溜走。或许我们不曾留意,额上不知何时有了或深或浅的皱纹,两鬓悄然无声地长出了些许白发,我们终归掩盖不了岁月的痕迹,无法抹去年轮雕琢的印记,所以,面对生活,不要再无谓地感慨,无须在虚假的世界里痛苦挣扎,上帝给予我们每一个人的生活本来是丰富多彩,是我们在真假虚实里漂泊了很久,久久不能停下来。

翻看一页页昨日的记忆,在泪水里依然清晰。模糊的痕迹,将心事再一次翻起。曾经沧海难为水,除却巫山不是云。如果没有这种感情的厚重,如果没有这种爱的深沉，那么任何人任何事在生命里都是风花雪月、过往云烟。曾经爱若至宝的沙，没有在指缝间滑落，手心里紧握的沙粒，依然沉淀着以往的绚丽，即使他从不夺目，可它依然是沙滩的组合。没有沙滩，情感如何靠近海岸？

感恩命运，感恩今生的遇见。当晨曦照射枝头，当夕阳在山巅漫步，我依然陪在你身边。十指相扣，筑梦流年。任欢喜的泪在面颊泛滥。当多少年后，在人头攒动的街头，回眸时，依然准确无误地将目光定格在身上，依然会情不自禁地唱起那首《一生有你》：多少人曾爱慕你年轻时的容颜……正因为一生有你，这个世界对我才是那么的有意义。

我们一生中，离不开爱，能够拥有一份相知相守的感情有多么的不易。一份真情，要用多少理解和包容去守候。还好，这一路上，从没有因为伤害而耿耿于怀，从没有因为伤痛而停留脚步，依然可以在晨曦里、黄昏下，唱一首天荒地老的歌。

原来，阳光只是一种心情，就如幸福，小时候幸福是一件东西，得到了你就幸福；长大后幸福是一个目标，实现了你就幸福；成熟后幸福是一种心态，领悟了你就幸福……而今，这份懂得和相知，就是生命里莫大的幸福呀！

从此，我愿意做一个淡然微笑的女子，在我的微笑里，蕴含着一份温暖，深藏着一份感动，这是一种情怀，把这种清纯的情怀，永不褪色地根植在我们每个人心间，开出温情的花朵。

我相信这个世界充满着阳光与欢笑，我相信所有的伤痛都会被一种深爱温暖，我愿意敞开心扉，忘记忧伤，真诚微笑，拥抱美好，做一个明媚幸福的女子！

我想对男人们说

女人的幸福，往往掌握在男人手里。

也许有人会说：你的幸福掌握在你自己的手里。

只有女人自己最清楚，她的快乐与否、她的幸福与否都不是自己能掌控的，都是建立在她爱的男人基础之上。

女人的幸福与快乐都是写在脸上的，她是不是幸福，看她的神情就知道了。女人的幸福是装不出来的，如果男人每天都不是顺言顺语，不是呵护有加，你对她总是没有好脸色，对她不够重视和珍惜，那么她的幸福从何而来呢？任何一个女人如果不幸福，是装不出笑颜如花的。

男人给她万千富贵，也许她并不喜欢，女人要求的并不多，她只要男人对她一心一意地好，全心全意地爱！

而男人你对女人的爱，总是以自己的方式来爱。你觉得你为家庭吃苦受累、为了这个家付出无数心血，就是对她的爱；你以为你为这个家庭立下了汗马功劳，给她优越的生活，就是对她的爱；你以为将来有了钱，她想要什么，就可以买什么，这就是对她的爱……其实，这都不是爱，这只是你一厢情愿想要给她的一种爱，而不是她想要的那种爱。

女人想要的很简单，是真心的陪伴，是一生的宠爱。你想过吗？你有多少时间给了工作，给了事业，给了父母，给了家庭？你又有多少时间给了将一生都给了你的女人呢？

女人也不是不懂人情世故，她可以支持你、理解你，可是你又腾出多少时间来理解她呢？有多少次，你满可以陪她却没有陪她？有多少回，你许下的诺言却没有实现。一年又一年，两个人都经历了那么多风风雨雨，你认为什么都是虚无，彼此的感情已经牢不可摧。你总说两人之间不要在意什么形式，可是男人啊，你知道吗？女人偏偏就喜欢形式。

女人的心思是浪漫的，更是细腻的，过节了，你给她买过礼物吗？她生日了，你给她买过蛋糕吗？周末了，你带她出去玩耍过吗？多少年了，你给她买过一件衣服吗？她伤心了，你为她擦过眼泪吗？

她的家人，你像自己家人一样爱护吗？她的父母，你像你的父母一样爱过吗？

她们也想柔情，也想浪漫，她们也有自己的梦想。可是又有多少女子为了家、为了孩子舍弃了青春，放下了做梦的机会去面对现实，从而那么心甘情愿做了你唯一的爱人呢！难道你不该重视她的存在吗？你不该好好珍惜她吗？

不要以为全天下的女人都是女汉子，也许你从来不知道，女汉子都是被自己的男人逼出来的。

女人的柔情似水都是被男人宠出来的。你宠她，她才会撒娇，才会美丽，才会幸福万千。

我希望，我这样写，男人你会有所触动，善待自己的爱人，感恩你身边的那个女人。

有这样一些女子

都说最美的女子，应当有一种遗世的安静和优雅，无论什么时候，无论何种心情，她都能让你平静，让你安心。

有这样一种女子，即使做不到优雅与华美，也会保持一颗如莲的心，保持着幸福的磊落与简单的生活。即便身处世俗的烟火里，也用真情开垦一方静谧的天地，用心儿播种一颗快乐的种子，与其成长，在尘世里开出一朵清丽的莲花。

有这样一种女子，将一份心事装在心底，眼睛里写满故事，容颜上带着微笑。这样的女子，如飘逸的云朵，如闪烁的星星，如百合花初开的眼眸。这样的女子，有秋水盈盈的期盼，有白雪皑皑的呼唤，有真真切切的笑颜。

她们轻盈地飘落，像杏花细雨，朦胧温润，沾衣欲湿。喜欢默默行走在细雨蒙蒙的街上，感受雨中的欣喜和缠绵的感动，在这个繁华喧嚣的城市里，婉约成一道独特醉人的风景。

有这样一些女子，仿佛是一袭江南的温婉细腻。总想住在一座古镇里，享一份悠闲淡然。在澄净的光阴里，倾听花开的声音。在满庭的芬芳里，品茗赏雨，心下从容。

她们在春天的田野里，倾听清风低吟浅唱，将缱绻的温情和片片花事散开，默默相守。她们将一帘幽梦嵌入冰清纯美的心间，染透漫漫的轻尘与长天，轻落一地的绚烂。

这样一些女子，用出尘的微笑与雪的记忆相交成轮回，凝固这样一份不老的传奇。当这些情意随着岁月沧桑依然澄清时候，她们会懂得，原来岁月里的不老记忆，已经悄悄在时光里沉积，在悠悠的生命里雕刻，雕刻成人生最美丽的风景。

她们有些爱，不用说，却已心有灵犀。像那浅草荣荣，海角天涯。亦像那仲夏的雨，痴心缠绵。永远是白月光，朱砂痣，在眼眸里，在心上。

有这样一种女子，喜欢那片洗净的天空，喜欢洁净天空里的那片云朵，喜欢白云下美丽的文字，宁静恬淡，清秀绝俗。绕指柔音间，流泻出万般温情。总是用一颗潮湿的心，和着远方淡淡花草的清香，绘一幅清风水画，描一片榭水楼台。

这种女子，在富丽柔媚的山岗上读一匹云酿的水声；在飘逸的飞瀑里读娇艳欲滴的玫瑰；在七彩的霓虹里读一抹胭脂在岁月里芳香四溢；在交枝的榆荫里读悉数的黄花在草丛间粲然地微笑。

有这样一种女子，愿意在最美的年华里，遇到一个人，即使白发苍苍，深情依旧！

有些人，有些事，绝对是个梦。这样的女子，不在眼前，而在心里；这样的女子，不在尘外，而在梦里。

我俗，却无关风月

那天，看了秋日细雨的一篇散文《俗味》颇有些感触。

她说：俗，一定是带有烟火味的那种，不然，就俗得没底气了。真正俗得有味的那种女子，才算得上小资情调。

我其实也很俗，俗到了看到她的文字，也要涂抹几笔。我知道我食人间烟火，小女子，有几个不俗的呢？但是，我们俗也要俗得有味道，也要俗而不媚，俗而不妖。俗也要俗出精致，俗出风情。俗，更要俗得高雅，俗得别致。

听着赵真唱的《最后一个情人》感动了，突然想，愿意做你最后一个情人！做谁的呢？谁知道，他唱的那句："我愿做你最后一个情人，守护着你每个清晨日出到黄昏，忘记他曾给过我的伤痕，愿你还像原来一样很纯真……"我居然热泪翻滚！

我知道自己又俗了，这一次，我是俗得真情，俗得纯真。

其实我真的很俗，感情世界里，对自己爱的人，有风情万种，也有怒不可遏，我有善解人意，也有蛮不讲理。有情深几许的温婉，也有撕心裂肺的呐喊，也只有那个人，见过最真实的我自己。我曾经不止一次对他说：在你面前，我是双面人，我可以是最温柔乖巧的天使，也可以是蛮不讲理的泼妇。

女子的俗往往和矫情有关。开心的时候，幸福写在心里，写在脸上，写在眉间，写在举手投足里。爱的时候轰轰烈烈，吵的时候一文不值。好的时候阳光明媚，不好的时候暗无天日。男人永远不明白女人的俗不可耐的背后，其实是一颗柔软细腻的心啊！

我不是不食人间烟火，我也吃着五谷杂粮。我不是满脑子都是爱情，我也切实际地珍惜着生活。偶尔逛街，一年也陪家人玩几回麻将。心血来潮了，还会拉上闺蜜喝点红酒,说说知心话,拉拉家常,不知不觉中微醉,醺然,畅然。

　　我也有许多无所事事的悠闲时光,有时周末一整天什么都不做,不想码字,不想出门,就赖在阳光下,躺在温暖的床上。床头柜上摆上水果、瓜子、小吃,打开电视,悠闲地看《三生三世》,这个年龄了,还会跟着剧中的情节时而哭,时而笑,惹得他在旁边边笑我边说:看你傻傻的样子……

　　其实,俗的地方很多,超脱的时候很少,还好,就这样做着我自己,不羡慕谁,不模仿谁,甘心俗着,却无关风月。

有些失去，不是不懂珍惜

经历过了，才知道，有些失去，不是不懂珍惜，而是它根本就不属于你。

心痛过了，才明白，有些感情，不能随着感觉走，开始就应该静如止水，保持最初的美好。

有的人离开了，却不想再去挽留，不是因为彼此不好，是因为清楚已经走到了最后，再也无路可走。

也许，那个人，在你心里永远有一个位置。但是，你心里清楚，那些都已经属于了过去，你真的没有必要对一个过往和曾经念念不忘。或许，而今你爱的只是一个习惯，而这个习惯，早已经和爱情无关。

当然，习惯有时候比爱一个人更可怕。它会让人看到有关他的每一个细节，会突然地想起有关他的一切，一切……

有时，一个刹那的意念，也会使自己的感情突然崩盘，鼻子发酸，瞬间，泪流满面……

其实，那个人还爱不爱你，你自己心里很清楚。因为你在心里问了自己千万遍，你早已经有了答案。而你依然心存侥幸地认为他依然还在，无非是不服气自己真心的付出成为一场虚无罢了，不过是不甘心一份感情就那样云烟散去而已。

其实，是你不想认输而已。但是，你的的确确就是输了。

我们每个人在爱的路上，赢得起，更要输得起。

那个人要走，就让他走得干净；要不爱，就让他消失得彻底。

其实，失去一份爱，也谈不上就是人生一场失败。起码，你由此成长。同时你也会明白，放手，也就是放过自己。

让自己回到平淡而安静的日子吧，告诉自己，那个曾经出现在生命里让自己刻骨铭心念念不忘的人，今后，再也不需要想起，再也不需要忘记。

生活情趣（片段）

一、幽默

我不敢说他是一个浪漫的人，但是我敢说他绝对是一个有情趣的男人。

我安静地蜷缩客厅的沙发里，无所事事。那个周润发的电影不知道已经看过多少回了。他坐在沙发上依然津津有味地欣赏着，我感觉有些无聊，站起身……

他漫不经心地问：吃瓜吗？

我没说话，径直进了卧室。

我拉开窗帘,看到窗外的月季花早已经盛开,白色的,紫色的,浅粉色的……在这个五月，生活依然是五彩纷呈的。

我的视线稍稍向下一瞥，临近窗下的一片草地已经被楼上的开发，变成了她家的自留地，种上了韭菜、西红柿、丝瓜、黄瓜、莜麦菜……非常丰富多彩的小菜园子。

其实，每次看到楼下这些，心里总有些不舒服。

尽管我喜欢绿色，喜欢自然，也梦想着将来能有一个属于自己的小菜园。但是我不喜欢自私。

不管那些了，那是物业该管的事情。

随后，打开电脑，在等待开机的空当，我又来到了客厅。

我笑着问：是吃西瓜还是甜瓜呢？

他笑着说：你可真够卡的……

二、原汁原味

我正在电脑前写一篇文章,他突然送来一杯这样的饮料,我惊奇地问:这是什么?

他不说话,只说:你尝尝!

我深知家里没有榨汁机,可是这饮料从哪里而来呢?

我喝了一大口,恍然大悟说:橙汁?!

他说:四个橙子就挤出这一杯汁!

我说:你喝呀!

他说:我吃那些没挤干净剩下的橙子肉。随后走出卧室。

我走到客厅,看见茶几上放着好多切成一块块的橙子……

原来他是用手挤压的橙子。

他说:你快去喝,那才是原汁原味的……

我心里忽然有些哽咽,是啊,这才是原汁原味啊……

我想,有一种感情,原汁原味原来是多么珍贵呀!

三、一路向北

快中午的时候,他突然打来电话。说:你收拾一下东西,半个小时后我到家。我带你出去。

我说:去哪儿?

他说:一路向北!

我说:一路向北是去哪儿?

他说:到哪儿算哪!

我心想,还真行,十八年了,他什么也没跟我学会,学会心血来潮了!

我说:你怎么突然想起带我出去玩?

他说:我看了你写的那篇文章!

我说:刺激到你了?我没事啊,田园里不是还有很多事吗?

他说:江山都可以不要了,还在乎那点田地吗?

我知道,他是看到了我文字里对草原蓝天的眷恋,他是看到了我小小的心在蠢蠢欲动……

十八年了,他一直是一个理性、做事稳重、从来不会冲动的人,这么久,他还是第一次这样随性而为……

我还真没想约其他人，谁都没有通知，我俩就开车上了高速！

去哪？一路向北，冲！

谢谢他，纵容着一个女子的任性，让我总是有骄傲的资本，总有矫情的真情！

四、五谷杂粮

每一个清晨，我在跑步机上跑步，他在厨房里穿梭。

我跑得大汗淋漓，他做得满心欢喜。

他熬一锅五谷杂粮的八宝粥，做一顿精心准备的爱心早餐，他把细腻的情爱悄悄融进了饭香里，他把真心放在了一日三餐里。

总是提前盛出一碗米粥给我凉着，还不时地在粥锅里精心挑选两个红枣，三五个葡萄干，几个花生米…轻轻放进手边的那个碗里，生怕那个碗里少一样东西，以致我缺了某种营养。

其实，有一个这样的爱人就足够了。

婚姻里的爱，不是山盟海誓，不是卿卿我我，就在朝朝夕夕里。

五、默契

在一个悠闲的时刻，外面下着蒙蒙细雨，我俩窝在沙发里。

我忽然坐起来，想起什么，对他说：你出去转转，买点什么……

其实，在我心里已经想好买什么，却不知道为什么表达时没有一下子说出来。在我下一句话就要说出买什么的时候，他提前说出了答案：爆炒田螺！

我一下子惊奇万分。我一边笑着一边不停地捶打着他的胸部，不停地叫喊着：我不跟你过了，不跟着你了，你是我心里的蛔虫啊！你怎么会知道我突然要吃什么？

我都半年没有吃过爆炒田螺了，先前没有任何想吃的征兆，真不明白，为什么我突然想起一个事物，他却能在第一时间知道我想要什么……

外面还在下着小雨，肯定没有卖的，他还是开车出去为我寻找，一个小时后，他买了回来。

我知道，只要是我想要的东西，他都会想尽办法弄回来。

感情里，最高的境界应该就是一种叫作默契的情愫吧！

六、生日

今天，是他的生日，好像已经陪他过了十八个春秋了吧！

好久不写他了，因为每次想起他，心里总是满满的歉疚。

他对我那么好，好得让我无法挑剔。他在我们周围亲戚朋友中，是人人都认可的对我多年如一日的丈夫，我深深知道，有多少男人做不到对自己的妻子多年来依然如初呢！

可是，他做到了，十八年来，他没有对我发过一次火，没有骂过我一句，无论我怎样，他都满足我的需求。可是我除了蛮横与无理，除了挑剔和偏执，我还有什么给他呢？

昨天从苏州回来，出了高铁站口，发现他没在站口等我，路途的疲惫，再加上两日来身体状况的不佳，所有的委屈化为一股火气都发在了对他的电话里……

我知道我不该那样对他，可是，我习惯了那样对他，那样对他过后，我心里也很难受……我知道有些话语就像利器，能伤人的。有些伤害就像钉子钉在了心上，即使钉子拔出来也会落下伤疤，再也不能抚平。

他的生日应该开心才对，我怎么流泪了呢？

因为我知道，他是世界上对我最好的一个人。

无论什么时候，他可以忍受我的怪脾气。

容忍和我说话时，我的沉默不语。容忍半夜醒来失眠时，把他叫醒要不停地与我说话，容忍我多少年来的不成熟，容忍我非常自我的自私。

他对我的包容与忍耐，对我的细致与体贴，这辈子，没有人能做到了，他，只有他！

感谢他，十八年如一日地在意我和好脾气，无论他是不是英俊潇洒，无论他有没有多少财富给我，他已经把最温柔的心给我，我就是世上最幸福的一个人。

今天，我依然没有什么更好的礼物给他，只有一份祝福了。

亲爱的，生日快乐！

在未来的岁月里,与你相守时光

我们的相识,是偶然?还是一种必然呢?

我总觉得,人和人之间,尤其是异性朋友之间,关系快到了极点,那个时候有 99% 的人痴迷于陶醉,留下的大多是遗憾和悔恨。

有人说现实中的夫妻,不一定有爱情。而有爱情的不一定就是现实中的夫妻。当然,我总是想有没有一种超越亲情、爱情、友情的感情呢?这种感情应该超过爱情,高于友情,比友情亲密深厚,比爱情纯真永久。你说那叫什么情呢?

两个人,能够没有芥蒂、敞开心扉地沟通,那是一种灵魂的幸福和满足吧。就像风流才子徐志摩、林徽因,他们不是表面的夫妻,但是他们的情感渗透和交融不亚于夫妻。在我看来,他们更像知己,从不会逾越男女关系的纯粹友谊。

有些人看到了美丽的风景就会不顾一切,忘了一切和自我,于是飞蛾扑火。可是结果呢?无非是伤痕累累而又痛苦不堪,最后还要各奔东西,成为陌生人。其实,这是一种可悲的结局,我总是想:什么感情能够永远鲜活而又永不失去呢?

可是,要想长久以往的,肯定不是爱情,所以,我不会爱你。

罂粟花,很妖艳美丽,也很神秘,太浓烈的东西往往毒性很大,就像爱情。

爱情,其实就是人生中优美的风景之一,这样至美的风景,却在河的对面,要想到达彼岸必须要经过一座桥。

这桥,你曾经走过一次,这期间,不懂珍惜,让你们彼此失去,还差点要了你的小命……这桥,我也走过,也没有过去,搞得自己也是身心疲惫,大伤元气。

  但是,人来到这个世上,就是来看风景的。直到遇见了你,我也想带你去看风景。只不过,你是神圣的,请相信我对你的纯真,我绝不会庸俗。

  这一路上,我拉着你的手怎么走呢?我想好了,我要带上导航仪,带着救生设备、氧气袋、药物等,还有个你喜欢的洋娃娃……好吃的也不少,还有张小娴、三毛她们画的路标导向图……

  我要带着你旅行看风景,像三毛《撒哈拉的故事》,穿越沙漠,体味异域风情。我要带着你看人间百态,让你学会珍惜和享受生活。

  此时,我真的甜蜜地笑了,笑在了脸上,笑在了心里,笑在了这清晨漫步的小河边,笑在了这个阳光明媚、风清秀艳、花香荡漾的周末的清晨,笑得真的很灿烂,像个孩子……

  近赏荷花的旖旎端庄,听风的轻柔细语,闻脚下花的清香馥郁。多么陶醉,你听到了吗?

  总喜欢这样一个人静静地沉浸在静谧里,就我一个人,噢,还有你,你在我的心里。让我的心灵伴随你舒展,和你一起飞扬吧。

  我们相识,虽然只是一屏之隔,也许这一辈子也没有见面的机会。但是,我不奢求一份相逢,愿意在未来的岁月里,与你相守时光,静看花开花落。

幸　福

　　幸福是爱人每天起床时的轻手轻脚，幸福是每次远行时那一句句的叮咛，幸福是感冒时的一杯姜糖水，幸福是一碗冒着热气的蘑菇汤，幸福是一个削好的苹果，幸福是一小杯剥好的栗子仁……

——题记

一

　　清晨，迷迷糊糊中，被一种细碎微小声音吵醒。朦胧中，倦意未消，睁开双眼，发现卧室四周都是黑漆漆的，依稀看到他在黑暗中摸索着穿衣服，之后就出了卧室。

　　我是被他穿衣服细细碎碎的声音吵醒了，其实，他每一个动作都是小心翼翼的，声音很小，只是我睡觉一直很轻，一点细微的声音我都能听到。

　　看着他出了卧室，但是我没告诉他，我已经醒了。

　　这么多年以来，无数次这样的清晨里，我发现，清晨时他起床，从不开灯，穿衣服，轻手轻脚，每一个动作都是小心翼翼地……我知道，他是怕把我吵醒。

　　而我，即使已经被这种细小的声音吵醒，我也从来不会说一句，每次，我都默默地看着他轻轻地开门，然后小心地关门，我愿意在这种无声里，体味一种感动，我愿意让他以为，我依然睡着，没有被他吵醒。

　　我想，也许，也在这样无数个清晨，我真的没有被吵醒，依然安静地睡着。

　　突然，被一种叫作感动的情愫包围，也许，幸福就是这么简单。

二

一直以为，幸福是拥有一份浪漫的爱情，能与心爱的人牵手漫步大理古城感受南邵古国的韵味才是幸福，能够携手共攀纳西族心目中的神山有"东方瑞士"之称的玉龙雪山才是幸福，一直以为，幸福是一起在男女定情圣地的蝴蝶泉边用圣水洗手，能够在洱海的大型游船上品尝白族的三道茶才是幸福，晚上住在海边的度假村，更够感受海风轻轻吹拂我的面颊，看"海上生明月，天涯共此时"才是幸福……

一直以为，两个人能一起转动世界上最大的转经筒，并且双手合十，在大理的三塔前行走三圈，彼此许下虔诚的心愿才是莫大的幸福；一直以为，能够一起徒步于西双版纳的原始森林，零距离地接触大自然，在大山里恣情的呼唤，聆听山林间飘荡的回音也是一种幸福。

一直以为，幸福是春暖花开的时候，与心爱的人驱车去桃花源里赏遍地桃红，采摘遍地不知名的野花，看草根在春天里拔节，沐浴春风，感受阳光；一直以为，幸福是秋高气爽的时候，两个人驱车看一看塞罕坝草原的秋景，牵着手，在草原上奔跑，白天，沐风听雨，骑马射雕；夜晚，幕天席地，把酒言欢。

一直以为，幸福是等两个人老了，回到属于我们的老房子里，老有所依，两个人并肩守着冬天的炉火，一个人安静地说着过去的点点滴滴，另一个安静地倾听，抑或者两个人坐在窗前，雪染黄昏，静看冬雪，在一片圣洁的世界里静静欣赏雪花华丽丽的舞蹈。

一直以为，幸福是有心爱的人陪我去海边，看潮起潮落，望云舒云卷，赶海看日出，悉心捡贝壳。或者陪在我身边，与我一同看文赏画，一同陶醉在每一个冰清的季节里，任时间煮雨，不话沧桑。

我心中的幸福标准，很多，很多……

三

每次远行的时候，他都会打电话提醒我按时吃药。那时，我的心是幸福的，我甚至搞不懂，我的幸福是在电话的这边，还是在电话的那边。

我感冒了，他会默默地熬一碗姜汤，放在我的手边；我晚上写字的时候，他总是端来亲自熬好的冒着热气的蘑菇汤端到我的面前，要我趁热喝下。有时是削好的一个苹果，或者是一小杯剥好的栗子仁，放到我的电脑桌上。那一时刻，我是幸福的。

每天晚上，不管我睡得多晚，他从不责备，等我关了电脑，他也才铺床躺下。

每当我说去看望老人的时候，他无论多忙，也会安排好之后开车带我回家。

无论我想吃什么，即使再晚，他也会跑到大街上为我去买。

我去旅游，他从不阻拦，他说爱我就要给我自由，就要给我属于我的那片天……

现在，我终于懂得，其实女人的幸福，就是有一个知心、贴心、懂她、尊重她的爱人，和长相、地位、金钱、物质、权势没有一点点关系。

我对他说，我想写一本书，名字就是《幸福》，就记录我俩这辈子的点点滴滴，等我不在的时候，再发行。

他说我一定看不到这本书了，因为我会比你走得早。

我说那不行，一定要我先走，否则，晚上睡觉我害怕。

有一次我开玩笑地说下辈子，你是不是不想再娶我这样的女子了？他不说话，我敲打着他的头，边笑边说你的沉默就是代表默许，原来我在你心里这么差呀！

他慢条斯理地说我从来不相信来生，所以今生我才用最好的方式来待你……

四

幸福原来就在手边，只是我忘记了拾起。

幸福原来就在我的眼前，只是我一直没有发现。

原来世界上最美的语言不是山盟海誓，而是点点滴滴付出的真情。人生的幸福不是不切实际的向往，而是用真心种植的阳光花园。

而今天，我如此地感激着他陪我一路上走过的风风雨雨，感动着一同度过的每一个春夏秋冬。我的人生，因为这份感动如此的丰盈而美好。

此时，我只想对他说一句话：这个世界上，因为有你，我的生命里一直欢跳着一个词语，它叫幸福。

生命里的春天

如果有一天，我老无所依，请把我留在，那春光里……

每次听到这首歌，心里就会涌出一种激情与澎湃，这首歌，仿佛听到对曾经的一种怀念，对过往的一种眷恋，感觉有一种沧桑，更有一种力量！

一遍又一遍地聆听，这首歌，总是让我情不自禁地想起生命里的春天。

生命的春天就是倾听来自蓝天白云之下和绿地黄土之上的天籁，那是大自然长出来的奇迹。有天空、河流、泥土，有思想、希冀、情意……一切有形的无形的、有生命的无生命的事物，都蕴涵着春天的气息和哲理。

人生的路上，与你相遇，是我生命的春天。

这是一段美丽的相遇，遇见你，就如这初冬的雪一样圣洁无瑕，是生命对我的厚爱。

想起那一幕幕一起走过的日子，如陈年的酒，依然醉了今宵的梦境。那年漫天的雪花轻盈地飞舞，洁白的心事在欢笑里飘，当回首往事的时候，一种情感清澈而明净，深沉而凝重，这份美好的回忆，一直是我生命的春天。

其实，每个人生命里，都有春天。

微笑，是生命的春天，有着纯纯的颜色，像雪一样圣洁无瑕、玉洁冰清，那种清澈，是隔着雨滴看到的美丽世界。我们每个人都喜欢微笑，无论是熟悉的还是陌生的，一个微笑，就像一个春天，一个善意的点头微笑，也会带给人无限的美好。

快乐，是生命的春天，她就像一首奔放的歌曲，一曲净净的音乐，一段动人的旋律，在我们血液中缓缓流动，让我们的生命永远美丽年轻。快乐，是一种风情，是一种幸福与满足，是发自内心的一种愉悦，犹如忧伤恰逢细雨；犹如笑容遇见阳光；犹如心情的翅膀伴着流星在飞翔。它不是一项义务，也不是一项权利，它需要主动寻觅、需要我们心胸的宽广。

　　幸福，是生命的春天，幸福是匆匆从指间滑落，又总在不经意间让人感触眷念。她是一幅五彩的画卷，那种美，是一种掏空词汇也难以描述的绝色。

　　幸福也许是寒冷冬天的一缕阳光，也许是孩子的一颗棒棒糖。幸福也许是与父母共进的一顿晚餐，是爱人端给的一杯热水，也许是朋友间真诚的友谊，或者是一个擦肩而过的回眸一笑。幸福没有具体的定义，幸福是无形的，也是有形的，是物质的，也是精神的。幸福不会从天而降，它需要我们用心去创造。

　　我们都向往而又渴望生命里幸福的春天，春天的声音来自心灵，生命的支撑来自精神。热爱春天里的生命，热爱生命里的春天。

　　对于你来说，春天，也许在前方，对于我来说，泼墨山河，就是我永恒的春天。

　　在这个冬天，我想做一个梦。我希望，有一天，我老无所依，请把我留在，那片春光里……

该用怎样的光阴，重温一次与你的初相遇

时光又一次摇响了岁月的风铃，我看到岁月深处的你，也在深深地把我遥望。

我打开时光的匣子，曾经的日子，依然清晰，它装在记忆的沙袋里，伴着时间的推移，有些记忆会像沙漏一样，低落尘埃，有些记忆，却随着年轮的变换，日益芳醇。闲暇的时候，翻阅它，总有感动和温馨，总有感慨和甜蜜。

蓦然回首，曾经的时光仿佛晃动的万花筒，不经意间摇晃出一个个无法模仿的图案，那一次次的聚散与悲欢都成为你我经历的绝版。时光和付出的爱一样，是一列单程车，不能返回，也没有驿站。

真不知道该用怎样的光阴，重温一次与你的初相遇？该用怎样的言语，记录与你的点点滴滴？

翻开昨日的记忆，在无涯的时光里，你用温情读懂我一首真情的歌，在彳亍岁月中，我用微笑温暖你荒芜的沙漠。

曾经，我在人群里多看了你一眼，注定你成为我一生里不舍不弃的人。与你的相逢，我从来不觉得是巧合或者偶然，你永远是千万人群中一眼就能认出的那一个。我的任性，我的倔强，我的逞强，我的尖锐，在岁月的风里演奏成一缕光影。而今，即使有再多的羁绊，我依然愿意与你一起筑梦流年，一同寻觅尘世上最明媚的温暖。无论多少年，我都会把你记在心上，不会忘记你我这段不离不弃的清浅时光。

这么多年，我深刻地感受到：是你，陪着我欣喜和彷徨。多少希望的目光，多少殷殷的畅想，都折合一树阳光的种子，在我心里悄悄种下殷殷的希望。

我不知道，你是不是听得到我遥远而又迫近的呼唤？我不知道，你是不是愿意，在夏日清风里，我们一起看清风洗净的天空，夜晚，还要一起数一数夜

空里的星星？我不知道，你是不是喜欢和我看月光里翩翩舞动的群褶，感受潋滟银河里一份古老而传奇的爱情。

我不知道，你是不是读得懂我美丽的快乐与忧伤？我不知道，你是不是爱我的冷漠与深情？是不是愿意与我远离都市的喧嚣，在安静的田园里，修篱种菊？是不是愿意待到秋季的风里，与我一起捡拾温暖，暮雨闻香；一同红袖添香，写诗作画，一同享受载满幸福与美好的朝夕光阴？

我很想告诉你，你是我遇到的唯一而又长远的爱情，每个人的生命里都会遇到爱情，爱情犹如一本水做的书，一生只能读一次。随意挥霍的爱情，那叫辜负。我的生命，离不开爱情，无论别人怎样来评说，爱情，都是我生命的养分。

冥冥中，深深地感觉到：即使我们相隔万水千山，也能看到彼此的眼睛；即使远隔时空，也能感受到彼此跳动的心灵；即使在陌生的世界里，我们也能彼此回眸，继续一份前生的约定，在相互交织的文字里，读懂彼此的意会与深情。

我敢说，在我的生命里，对你的这份深情，就是一棵胡杨，是千年不死的传说。

你是我眼底那一袭最纯净最美丽的蓝，是我生命里永不疲惫的眷恋。

曾经，不甘心所有的情感都不入章节，不甘心所有的付出都成守望，不甘心所有的等待都是迷茫，不甘心所有的泪水化成诗行。原来，尘埃落定可以如此壮观，我把自己装扮成一个四季风中的舞者，舞尽人生的悲欢离合。我把自己演绎成一个画者，画下晨曦，画下黄昏，画下白天，画下夜晚，画下春秋，画下冬夏，画下你温暖我一生的微笑。

也许永远只是明天，也许永远是一生一世，但我愿永远是从我们相遇的那天，直到地老天荒。曾经沧海难为水，除却巫山不是云。见到你的那一天，我的心只属于你，不再为谁低眉垂首。

夜幕降临了，在彻夜难眠的夜晚，将心窗推开，接受如月的情思朗照；在爱情的世界里感受幸福，把自己的心思书写成一首小诗，泊在爱的窗口。如山花一样烂漫，如时光一样流转，在灯火阑珊时，在蓦然回首时，湿漉漉的爱情在岁月的枝头生动灿烂。

今天，我站在季节的风里，真诚地对你说：无论什么时候开始，都不重要，重要的是，开始了，就不要停止！而今的我，依然愿意牵着你的手，且歌且行，宁静致远，不再伤怀！

天为我秋；我为秋绘，风止于秋水，我止于你！

经历了，才会成熟

有些东西，失去了，就再也回不到从前。有些情意，真的经不起伤。

有些人，伤过你，才会幡然醒悟，原来，不是所有的人都能包容你的缺点，哪怕一直认为最好的情意，也可能会在一次伤害之后彼此相互转身，从此再也没有交集。

无论怎样的伤害，都不应该放弃自己。无论怎样的磨难，都应该爱着这个世界、应该爱那一朵纯净的生命，还有那一片澄澈的蔚蓝。

伤害也罢，误会也罢，已经不重要，重要的是自己能在风雨之后的平静里反思，能在烈日炎炎的火热里经得住锤炼。懂得一些事情有因才有果，知道这个世界不是自己任意所为，明白前行的路上哪有不经历风雨的人生驿站。

同一件事，别人能够顺风顺水，而你，可能会有无数坎坷。

同一条路，别人一路阳光明媚，而你，总是风雨交加。

比如爱情，也有情深缘浅。比如亲情，也有悲欢离合，比如友情，也有远近疏离。

遇到各种意境，我们必须接受，接受疼痛背叛，接受坎坷冷暖，接受人生的不公……我们必须将一切能说和不能说的都咽下，而后抬起头，昂首挺胸向前走。

这就是人生，每个人都有不同的人生，不同的境遇，不同的结果。但是，我们真的不应该怨恨人生，那些经历，将会成为我们人生的宝贵财富。

经历了，我们才明白，不能随意许诺别人的事情，如果承诺了，就应该做到。如果做不到，可以说"不。"

　　人生，只有经历之后，才会痛定思痛，不会一味在同一件事情上认为是别人的过错。能在是是非非里学会换位思考，不去斤斤计较。能在巨大的伤痛里不去仇恨。我想，这何尝不是一种睿智、一种开明、一种成熟呢？这，何尝不是心灵深处的一树花开呢？

　　经历了，我们的思想和心智才会成熟，我们的眼光会看得更远，我们的心情会豁然开朗，我们才真正懂得珍惜。

　　经历磨炼了我们，生活历练了我们，经历了才知道：一切风雨都会过去，学会靠自己，要顶天立地地活着……

　　经历了，才会成熟。经历了，才更美丽。

与春天相约

春风一夜吹梦香，又逐春意到皇城。从苍茫的冬季优雅转身，站在岁月的枝头，把春天召唤。

距离梦中的春天还有多远？我望了望四季，我看了看时间，好像，她，就在我的身边。

一片绿意在心空划过，春意阑珊。我已经看见，那白白的云和那蓝蓝的天，枝头想吐蕊，绿叶花丛间。今天，我想握住春天的手，表达内心对春天的渴望和眷恋。

一种对大自然深沉的热爱，默默流淌在心海间……

此时，我想在春天里奔跑，在蔚蓝的景致下盛开你一丛丛的梦想。我想亲吻绿色，抚摸清泉，我想看到你在春天里的倾城的笑脸，那抹微笑，就是从唐诗宋词里走出的清新的黎明，就是我想我盼的春天。

春天里，与你相约，寻一处山峦，择草而栖，飞花逐雪；去一趟海南，浪花点点，醉卧沙滩。

春天里，和你一起，走一次大漠，牵手长河，静看孤烟；赴一趟草原，放马射雕，煮酒吟篇。

春天里，把心窗打开，心志高远。在春天的怀里，聆听一段心语，寄语一份期盼。让心在白云蓝天下与万物相依相偎，感受生命的精彩与斑斓。

就这样悄悄地靠近春天，走进春天。我真的听到了微风吹融了雪山，我真的看到了春雨润泽了枯田，还有那歌唱的鸟儿、飞翔的大雁，以及那幽幽的青青河畔……

那一刻，我的眼睛里，满是唯美的画卷；我的心里，到处都是葱郁的诗篇。

你知道吗？我想把春天的阳光捧于掌心，心生温暖，我想把云朵融入眼帘，情意缠绵，我想在长河里点亮星辰，感动苍天，更想在春天的大地上种上玫瑰，抒怀浪漫。

春天啊，你知道吗？如果我用莲的心事看你，你就是春色满园，是夏花烂漫，是秋日私语，是冬之爱恋。

也许，你从来不知道，你，就是我生命的春天。

你在我心里，一住，就是许多年。你像一方沃土葱翠，你如一片晴空蔚蓝。你美丽着我晶莹的世界，丰盈着我生命的春天。

春天，我想请你静下来，与我一起品味一下这诗一样的生活。春天，我想请你停下来，一同感受一下岁月中的一尘不染，好吗？

你看，我的心事如花，一瓣一瓣，我的生命如莲，一年一年……

今日，带上我明媚的笑颜和真挚勇敢，带上我情醉的诗篇和五彩画卷，还有天上飘逸的云朵和对春天的爱恋，来迎接这个美好而幸福的春天，好吗？

将心中冉冉升起一朵新绿，沐浴在春光里。

相约，下一个路口，把美好和幸福，遇见。

我想和你在一起细数光阴

我总想和你一起细数光阴，数一数光阴的长度，因为光阴有多长，爱就有多长。

阳光从指缝间穿过我的手掌，照射在我的脸上，这，原来就是你陪伴我的光阴，她就像阳光一样，我虽然不能抓住它，却能感知它的温度与温暖。

数不清多少个日日夜夜，更无法丈量出一圈一圈年轮，只知道它是那么的悠长，悠长到每一个春夏秋冬，每一场花开花落。我们就在这样的岁岁年年里，怀着一颗真诚的心默默守望。

在不知不觉中，我们过了一年又一年。蓦然回首，岁月从没有因为过往而沧桑那颗温柔的心灵。

你知道不知道，你已经给了我世界上最幸福的美好，而我所能馈赠你的，只有一颗朴素的心和真挚的情感以及贫瘠的语言和万千的文字，其实，这却是我一直视为无价的珍宝。

也许，所有的故事在开始就写好了结局，只是故事的长短不一，情节不一，人物不一。也许，有的人注定是生命的过客，而有的人却是你生命的唯一。

倘若说美丽的回忆都源于美丽的开始，那么就让我们虔诚地守候着这份美丽的情思，伴着一路轻丝曼舞的雪花，在时光深处，与你一起细数光阴。

有一种距离，让岁月悠长

　　有一种距离，能使人生更加美好。这种距离，能让彼此的心，更加闪亮。回头望望走过的路，那么多难忘的地方，有山在呼唤，有水在荡漾。
　　那么，还是与你保持一段距离吧，哪怕隔了一条黄河，哪怕隔了一道长江。如果愿意，就把心系在星星上，让美好、让情意勇敢地与你遥望！
　　我知道，距离会让你想我，如果你想我了，就在雪染黄昏的圣洁里，感知生命中美丽的芳香。
　　如果你想我了，就面朝大海，在往事如雪的记忆里，将玉兰花开的心事，悉心珍藏。
　　如果你想我了，就去大漠、月牙泉，去敦煌，看那笔直的孤烟，看那棵千年不死的胡杨。那里的一山一水、一草一木都释放着冰清玉洁的光芒。
　　如果你想我了，就看那三千落红，看那万点飞波，感受春暖花开，流连江南雨巷。
　　如果你想我了，就看看那年那月的记忆，她在时光深处，散发着无与伦比的淡雅清香。
　　保持适当的距离，这份距离，我们从不去丈量。因为，心在珍惜的路上，情，在熠熠发光。
　　今日，我嫣然的微笑已经定格成你心中的美好与向往。回眸时，蓦然发现，任凭风雨沧桑，我一直以绝美的姿势，在紫陌红尘中，感知有你的方向。
　　如果愿意，就把心融进温暖的阳光，让幸福成为并不苛求的梦想。
　　如果愿意，就把真诚纯洁的情感，融入永恒的希望，像细小的期待一样，冉冉升起悄然落下，覆盖在蓝色的海洋上。
　　有一种距离，能让情意难忘，岁月悠长。
　　时光如碑，祝福远方。

在文字里，像山风一样自由

  我是一袭自由行走的风儿，一直在文字里自由玩耍。在文字里，感受她的清丽淡雅的馨香，穿过薄薄的云衫，无论多久，依然旷世惊艳。

——题记

  我爱文字，像山风一样自由。文字是一朵朵斛形的小花，斟满了银色的星光，于霓虹里浣洗，有阳光暖暖的味道。

  一篇文字，对我来说，就是一个与世无争地世界，是一个姹紫嫣红的春天。我爱书画，一幅画卷，亦能带给我视觉上的感动与冲击，可以含蓄地表达文字里不能言说之美，它是静止的，更是流动的。所以，我说，文字与书画是我的桃花源，是一座演绎童话的城，是一扇亮着灯的窗……

  关于文字，我很爱，青青子吟，悠悠我心；花开一树，笔墨清新。

  在文字里，任他人评价，我只想轻轻脱下包裹世俗的华丽外衣，零距离地走近她，品味着那淡雅清丽，如同品味着散发兰花的香气。慢慢地让自己的心安静下来。安静下来的时候，有一缕清香暗暗潜入心底。

  坐在时光的深渊里，在文字里寻找花的气息。我像风一样自由，奔跑在春、夏、秋、冬的柔情里，感受雨的清丽。文字，始终是我最初和最后的爱。我跟随着她，在每一个清晨，每一个黄昏。

  清晨，我在文字里悠闲散步，看见花草与朝阳拥抱，痴情绵绵；晌午，我在文字里赏景，发现两只麻雀谈情与爱，情意深浓；晚上，我在文字里倾听，那是小溪在欢乐地歌唱。我看着，听着，感动着，置身于文字童话里，沉醉不知归路。

在文字里，我穿越唐风宋雨的时光，走进江南，蹚过小桥流水的惬意，感受她的温婉，飞过别开洞天的云朵，领略她的缠绵。江南，散发着曼妙的诗情，洋洋洒洒的俊秀，美了情感，醉了心田。我在这样奢华的光阴里，对着千年的等待而幸福地微笑。

　　徜徉在文字里，在时光隧道上，我看到大唐盛世里集三千宠爱于一身的大唐贵妃，她天姿国色，倾国倾城，与唐明皇演绎一场情深意长的爱情故事，为爱忠贞，至死不渝。

　　漫步在文字里，我仿佛站在了雄伟的长城上，明朗的星，初浴的月。在猎猎大旗下，我又想起千古一帝秦始皇的智慧，骠骑将军霍去病英勇，金刀令公杨继业的忠志，在将士们畅饮酒香，醉卧沙场，剑指楼兰的慷慨与悲壮中豪情冲天！

　　那个永远牵挂的地方，当然是大漠。在文字里，寻觅着沙漠往昔的足迹，流金岁月，驼铃声声，读沙棘的坚韧，赏胡杨的苍茫，看落日长河。饮月牙泉的清冽，听石窟里的仙乐。孤烟、流沙、骆驼铃，一缕缕把我的目光凝定，琵琶、古筝、马头琴，一声声将我的心弦拨动。在唐诗、宋词、元曲下熏陶的大漠啊，坚毅而又铿锵，骏勇而又辉煌。

　　就这样，我在文字里驻足江南小镇的古色古香，会领略茫茫大漠的浩瀚凄美，会感受大海胸怀的博大精深……在文字里，我还走进夜的城池，倾听掏心掏肺的誓言，赶往离天最近的地方，酌一杯美酒，把酒问风，将草原画意丰满、诗情骨感，黄灿灿的沧桑掀起鱼苗般的波浪。

　　借一袭风儿的梦想，掬一笺月光，我写上河流，写上山岳，写上花开，写上鸟鸣，写上想念的日日夜夜，不会封存，亦不会投递，只在迟眠的夜里，灵犀相通。用文字抵住遗忘，用墨香让爱起航。我用神圣的字眼，倾泻出只有你我能懂的婉约温情，绘出只有你我能领悟的倾心倾城的图画。

　　文字是一株鹅黄的绿草，是一束鲜红的玫瑰，是一枚相思的枫叶，是一朵圣洁的雪花。她有四季里的鲜活与明媚，有可人可心的美丽与丰盈。今天，我把诗意的镶在温情的眼睛里，在万丈红尘里种下一粒红豆，在秋水丰盈的城池里书写着感人的爱情故事，荡气回肠，愈久弥香。

　　文字是一颗生命里的种子，种在心里途经的每寸土地，让它吐芽，生长，枝繁叶茂。让每片叶子绿成滴翠的呼唤。即使迟暮，即使陌路，依然晶莹美丽。

　　文字是惬意时光里明快的诗情，她澄净、美丽，暖我天赋的悲情、欢乐与忧伤，在优雅的墨香里，抚慰我心灵的寂寥，寂寞与情殇。

　　文字，依然带着我的心去流浪吧！我愿沉浸在时间长河里，用心妥善珍藏，用我的心包裹我生命里的字字珠玑。

　　此时，我手握凝香，心如梨花似雪，伴你风轻云淡。

　　此刻，我思绪花开，像山风一样自由！

行走在文字中的女子

每月都有一场花事缤纷盛开,每一处花开,都是春天的眼睛,带给我们一片温馨。每一朵花开的声响,都是一段无与伦比的心语,聆听,总会感动心扉。

文字,是一朵自由行走的花儿,我爱她,愿意陪她一起去成长,伴它一起去绽放。

文字是有生命的,她能让一颗孤寂的心不再漂泊,让岁月里的每一个季节都春暖花开。

行走在文字中的女子,总想在这个五月,在那棵不老的菩提树下,把诗情从生命里取出,隐匿在不为人知的画卷里,用含蓄的心弦,抚一曲《高山流水》。沉寂中那颗驿动的灵魂,产生一种莫名的渴望,渴望能够走出人群,走出喧嚣,走出繁杂,走出寂寞,走进大自然,走进五彩缤纷的美丽世界。

行走在文字中的女子,总是在时光深处,喜欢把清软的心思,放在用文字编织的温暖世界里,和着灵魂的温润与柔绵,且歌且行。习惯在情感的天空里独自清欢,把美好的情思,化作飞花满天的花瓣,飘过心海,香彻心骨。

行走在文字中的女子,总是在不经意间,某些文字就会触动她的心事,蜇痛她孤独的灵魂。或者一个直入内心深处温暖亲切的画面,也会击碎她心灵深处的坚冰。面对紫陌红尘,她总有太多太多的感慨;看着远去的岁月,总是留下太多的感触;仰望天地苍茫,总有一种随风飘逝的沧桑。她希望穿越时空的心弦,在季节的码头,演绎一场人生至美绝伦的千古绝唱。

行走在文字中的女子,可能因为看到一段话,或者一个场景,乃至一首歌,眼睛往往就变得潮湿,瞬时间会想起那些逝去的年华,或者一个远去的身影。想起在那个年代,某个人,某些记忆,某些地方,某些细节……想象着也许少年以后，会依然怀念在水一方的某个人，想起那时他们最初的模样和最初的感动，于是，一颗多愁善感的心，碎了疼了，之后再次默默拾起。

　　行走在文字中的女子，大多有些落寞，有些哀伤，有些多愁善感，她有太多细腻的心思，有太多的感想。她敢爱敢恨，爱哭也爱笑，哭的时候梨花带雨，笑的时候光彩耀人。没有多少人懂得她们的悲喜，没有几个人理解她的纯粹，她崇尚真诚，渴望美好。

　　在文字中行走的女子，大多有一抹悲悯的情怀，也有一颗善良的心灵。她将至美的情感寄于山水，她把最真的情感给予最爱，她把最美好的心事寄托文字。她是善良的，她看人世间的一切都是色彩斑斓的，是美好而干净的。她愿意拿出百分的真诚换得一份真诚，愿意用一颗真挚的心灵虏获一颗最美的真心。

　　行走在文字中的女子，是一朵素色的花，安静不喜张扬，明净不爱奢华。爱花、爱草、爱星辰、爱月光，爱山、爱海、爱那片葱郁、爱那份热烈，更爱人世间每个角落的明媚与温暖。

如果人生不曾相遇

如果人生不曾相遇，那么，茫茫人海里，如何拥有这份邂逅，又怎么能够感受这温暖的情意？开满四季的友爱之花，又如何芳香我生命的旅程呢？

如果人生不曾相遇，我又怎能在人生的那个路口遇见你，冥冥中是缘分的手，让我们在大千世界相逢，给你一份真，给他一个笑，留下一段过往，记住一抹微笑，无论经过多少年，这份美好，都如生命里清澈的泉水，叮咚作响，永不干涸。

如果人生不曾相遇，那么谁来和我一起收集这么多年的喜怒哀乐，又有谁能够懂得我的忧伤与微笑，幸福与感动呢？

如果人生不曾相遇，这一路的风景，该是多么的凄凉。我的世界里将是一片荒芜，没有爱，我的人生的道路多么的孤独与无奈，没有你，我的生命还有什么美丽与色彩？

如果人生不曾相遇，我又如何感受这爱的温情与浪漫，又哪里懂得什么是真爱与深情？谁还与我一起遇见那一树的繁华，谁还与我一同见证真正的爱情？

如果人生不曾相遇，谁与我在春天里一同欣赏"花开花谢花满天"的美好浪漫？谁与我在秋风里一起欣赏"大漠孤烟直，长河落日圆"的异域风情？

如果人生不曾相遇，我将会多么的遗憾。无论我们的相遇是巧合，还是偶遇，是长久还是擦肩而过，你都在我的生命里停留过。因为有你，我珍惜着每一个春夏秋冬的温暖与薄凉，因为相遇，我热爱着白云与蓝天的期许，钟情着叶与根的情意。

如果人生不曾相遇，我哪里有这么丰富的人生，无论亲情还是友情，无论爱情还是知己，遇见就好，人生没有错过，就是一场生命的修行。

如果人生不曾相遇，我的生命将是一片空白，岁月留不下任何涟漪。那片海，那朵云，那粒沙，还有那份或浓或淡的记忆以及生命里或深或浅的幸福与忧伤，都随季节的风，飘然而逝。

如果人生不曾相遇，我去哪里寻找那些故事、那些风景？那份回忆又会安放在哪里？

如果人生不曾相遇，我不会体会生命的繁华与美丽，更不会懂得人生释然和珍惜。

如果人生不曾相遇……

心中的那片海

心中的那片海是一处远方。

心中总有一个声音来自远方，无论是繁华的都市还是安静的小镇，对我来说，都是一种吸引。总喜欢背起行囊，离开我熟悉的人群和街道，登上列车，走向远方。喜欢走进古老的街道，或者步入琳琅满目的街市，人生，不管身体还是灵魂，总有一个是在路上。每个人心中都有一串对远方的向往和朝圣，每个人心中都有一个不了的情结，远方或许是一处风景，或者是一个等自己的人……

心中的那片海是一份或浓或淡的情意。

邂逅是一份美丽的开始，茫茫人海，相识不易。千千万万的人群中，我们在遇见的时刻驻足或者停留，都是一种缘分。不管我们相识是一种偶然还是必然，你都在我的世界里停留过；不管你停留多久，都温暖过我的生命旅程，我都会珍惜这份或浓或淡的情意。

心中的那片海是一抹淡淡的乡愁。

乡情，是一个魂萦梦牵的字眼，书写着厚重的温暖和别离。或许，乡情是冉冉升起的炊烟，或许是母亲站在村口喊我的那声乳名，也或许就是那一抔黄土下埋着儿孙的不敢忘却的相思……

乡思，或许就是那几间破旧而庄严的老屋，或许是父亲和兄长用玉米秆嫁接起来的整齐篱笆，也或许是儿时的伙伴无忧地玩耍的回忆……

乡愁，是不管离家多远，在佳节临近之时，心中的一份遥远的牵挂和深深的眷恋。万里旅途，不辞劳苦，只为不辜负父母那殷殷的祈盼，只为心灵深处那一份永远无法释怀的情结以及那一抹挥之不去的淡淡乡愁……

心中的那片海是有朝一日，过上一份闲逸而环保的原生态生活。

白云蓝天下，有一个不大的别墅，别墅旁边有个院子，旁边有个果园，果园里有龙眼，木瓜，黄皮，石榴，桂花树……在果园里放一个水缸，水缸里有那些美丽的鱼儿游呀游，果树下拴一个秋千，在夕阳下荡呀荡……还要养几只鸡鸭鹅，它们每天吃野菜、捉虫子，相互追赶嬉戏。还要弄一个菜园，种上白菜、芥菜、莜麦菜、荷兰豆……

最主要的，必须有一个温暖的爱人，与自己相守岁月，静守时光。听风声，品花语，举案齐眉，修篱种菊！

心中的一片海是那一望无边的蓝色。那蓝，如一汪清泉，清澈了我的眸；那蓝，像一抹绚烂，蓝了我的眼！

其实，我们每个人心中都有一片海，那片海，或波澜壮阔，或温暖深情。它是我们心中的一份憧憬，一种向往，一路阳光，一抹芬芳……

心中的那片海，可大可小，可近可远，她，可能就是一处风景，是一袭思念，是一卷书香，是一个美好的未来！

人到中年，不话沧桑

不知不觉，已人到中年，仿佛人生的很多问题一下子变得不再像曾经的那么简单，日子也不再像原来那么清闲自在，每天除了忙碌就是周而复始地按部就班，没有了热情与激情，也少了很多曾经无忧无虑的好心情。其实，用什么样的心态生活，决定着我们的心情。人到中年，不话沧桑。

人到中年，不话沧桑。而今的自己，不再拥有年少时的青春与浪漫，不再拥有年轻的容颜，却可以活得简单美丽，优雅从容，可以活得更加自信、更加精致。

人到中年，也许你的脸上出现了鱼尾纹，也许你的眼睛不再那么清澈，也许你的身材不再那么标准，那是岁月的沧桑在年轮里留下的痕迹，那是人生走向成熟的美，也是一种悲壮的美！

人到中年，不话沧桑。心中有一个爱人，就有一片朗朗晴空。

看到年轻的情侣幸福的模样，也是轻轻微笑，自己也曾年轻过，而今那个与自己风雨同舟的多年的爱人，也许不再有漂亮的容颜，不再有帅气的身材，但是，彼此之间却有着更深的信任和不舍。

无论遇到多大困难，总有一个臂膀与自己并肩。即使再黑的夜，也会陪你到天明；即使再远的路，也会伴你走到人生的终点。

人到中年，不话沧桑。父母老了，不是我们的负担，而是我们爱的回报。父母在，我们依然可以拥有爱和被爱……

父母年迈，心甘情愿地为他们付出，即使一次次往返于家和医院，但是从不懈怠，从不抱怨，把这当作一件幸福的事情来面对。因为，有一个老人在着，爱着，就是生命的依靠和温暖……

人到中年，不话沧桑。人到中年，孩子可能不听话，不如你所愿，也许会有烦恼。其实，他们是上天派来以最近最近的方式陪我们同行一段路程，而不是我们的附属物，他们不专属于我们，他们有自己的思想、梦想和人生，有自己独立的人格和尊严，我们没有理由让他们按我们的意愿来实现我们心中的愿望。

陪他们一天天长大，看他们一路风光，不奢求，不攀比。陪伴，是我们唯一的爱。

人到中年，不话沧桑。站在生命的中途回望，感谢过往，感谢那些帮助和伤害自己的人，感谢经历让自己变得睿智与豁达。也许人生不是一帆风顺，也许一切不如你想象，也许梦想总是离你很远不能够实现……

也许生活的重担依然沉重，也许琐碎的生活依然烦琐，也许人生世事依旧那么现实……

即使这样，我们依然应该微笑，因为，微笑，就是心中的一片阳光……

第四辑

飘在天空那朵云

不曾衣锦，依旧还乡

曾经看过倪慧娟写过《不曾衣锦，依旧还乡》，一看题目，我就喜欢了。

在看到题目那一瞬间，仅仅八个字，我的心里迸发出无限的感慨，同时也勾起了我那年那月的回忆，一种发自内心的共鸣蓦然间油然而生。

锦衣还乡，顾名思义，古时指做官后，穿了锦绣的衣服，回到故乡向亲友夸耀。指富贵以后穿着华丽的衣服回到故乡，也说衣锦荣归。

我的老家是永清县刘街乡南大王庄，我们村可以说是全县出人才的旺地。在村里，有我上学时的老师和小学中学的同学以及年龄相仿的伙伴们，他们很多人事业有成，有的做了市局长、副县长、各大局局长、政委、行政干部等，在各行各业身居要职。相比较一个普通教师的我，他们可以说功成名就，飞黄腾达，完全可以衣锦还乡了。

然而，在我熟知的人中，也许因为村风的淳朴，抑或是自身素养的提高，我从没有听家人说起过更没有看到过哪一个知名人士开豪车，大摆筵席，宴请宾客的，他们大都低调回乡，与家人同学小聚，与发小唠嗑。说实话，我很敬佩欣赏他们的低调的为人处事。

我想，他们和我一样，即使我们所处的位置不同，但是我们心理是相同的，不管我们是不是高官厚禄，飞黄腾达，我们依旧热爱故土，赤子还乡。

那里，有生我养我的热土，一生缠绕的乡情

从我出生到出嫁，也经历了二十多个春秋。

那里，有那几间陈旧而填满爱的老屋，有院子里那棵比我年龄要大的高大枣树，有兄弟姐妹打打闹闹的少年时代。

那里，几十年前斑驳的教室，而今已经焕然一新。也就是在那间土墙坯的教室里，有过我多少欢笑、多少追忆。

　　那里，有我童年的往事，曾经两天打一架、三天不说话的小伙伴，而今已经成家立业，也是因为有了他们，我才有着快乐的童年，以及一个少年不经事的我。

　　几十年的时光一晃而过，随着年龄的增长，我们越来越多的时候愿意回家。开的虽然不是豪车，但是，依然行驶在熟悉的乡间小路上，虽然不再是曾经熟悉的风景，但是那一草一木、那散发着浓浓乡情的热土，永远牵引着我们回家的路啊！

　　"少小离家老大回，乡音无改鬓毛衰。"多少年过去了，曾经记忆中的长辈们都已年过花甲，曾经一起玩耍的伙伴们都已人到中年。大家好像彼此忙碌，其实，只要一个电话，就可以把天南地北的发小们聚在一起，大肆说着家乡的方言土话，调侃着某一件经年糗事，诉说着某一个天真幼稚的经典段子，回忆着彼此之间难忘的过往……即使时过境迁，尽管我们可能所处的工作性质不同，但是，我们有一颗不曾泯灭的童心，有我们共同美好的回忆，这些，已经成为生命里宝贵的财富。返回家乡，总是一个盼头。

　　岁月悠长，世事沧桑。

　　人情过往，犹在梦乡。

那里，有我挚爱的亲人，永远无法割舍的亲情

　　对于家乡而言，我不算是奔波在外的游子，只是从家乡走出去可以每月按时领工资的事业单位的一名普通员工。可是在家人心中，我依然是他们的骄傲。

　　那片土地上，有我的母亲，我生命里深爱的女人。她虽然去了另一个世界，但是她只是安静地睡在那里，从来没有走出一个叫心里的地方。

　　无论多忙，我都会抽出时间在清明节、七月、中秋、春节等时间回来看她，在坟前给她烧些纸钱，虔诚跪下给她深深磕个头……看着地里的新坟的增加，心里愈加的心痛。最早是母亲一个人，后来爷爷奶奶也去了那里，而今，老伯老婶也与母亲团聚去了。我挚爱的亲人啊，你们在天堂，依然有我长长的牵挂。我知道你们都变成了天上的星星，我们彼此遥望，彼此祝福。

　　那片土地上，有我年过八十的父亲，他老了，他曾经高大的身躯需要我仰视。而今背驼了，身体低矮了很多，已经不再需要我仰视就能看清他的脸上的

沟沟壑壑。如果父亲是当初的模样，多好！如果母亲在，多好！我总这样想。

因为有着牵挂与担心，有着纠结与心疼，于是，我一次次地回家，哪怕包了饺子、蒸了包子、做了合子，哪怕是几个粽子、两个小菜，我都愿意给父亲送回去。

因为父亲，我经常回家，因为有他，才有了幸福的牵挂。

那片土地上，还有我血脉相连的手足，哥哥姐姐把我看大，为了我，也没少挨打。

我们兄妹七个，是否还记得，我们曾经在一个大炕上摸爬滚打？是否还记得，我们曾经谁也不饶谁地打群架。是否还记得，我们每次在炕上围桌子吃饭，你们有坐在桌子旁边的，有站在地上的，只有我总是坐在炕里面最显耀的位置，左边是爸爸，右边是妈妈。我还可以最先吃好的喝辣的……唉，想想而今养成养尊处优的大小姐性格，也是拜各位所赐啊！

都说，父母能陪自己走完前半辈子，老公孩子能陪自己走完后半辈子，只有自己的手足能陪自己走完一生。这，真的是修来的缘分啊。

我们这些年，因为有一个共同的家，我们更愿意常常回家，看看老人，叙叙那年那月的陈年往事。

情也悠悠，爱也悠悠。

一份相思，两处闲愁。

那里，不是繁花似锦，却是一个叫作的根的地方

无论我们走到哪里，我们心里，总有一个装满温情的地方——故乡。

那里，是我们的根，是我们无法忘怀的村庄。

终于懂得，一个人无论是飞黄腾达，还是穷困潦倒，不管是高官显爵，还是平民布衣，他始终如一深爱一个地方，眷顾并且想念的一个地方，因为那是他的故乡，他从骨子里对故乡有一种由衷的热爱，还有血浓于水的情怀！

不管是亲情友情，还是一花一景，不管是粗茶淡饭，还是美味佳肴，总是写满了暖暖的深情。

那浓浓的乡音，那徐徐升起的炊烟，那口记载岁月悠长的老井，那个少年嬉戏的池塘……就是这一方热土，这无法泯灭的情感，所有的一切，让我们出门在外的孩子一生留恋，回眸，驻足，感动！

时光荏苒，情意悠长。

不曾衣锦，依旧还乡。

苏州印象

一、苏州

骨子里对古镇的一种偏爱，也许源于前生冥冥中的某种情愫，对江南有一种无形的渴望与莫名的亲近。

七月五日，我乘上了去苏州的高铁。

高铁的速度一般都在 303 千米/小时—305 千米/小时，也不是感觉特别快，可是当两列高铁迎面而行时，还是稍微能感觉出一种小小的心跳的。

第一次坐高铁，还是感觉比较舒服的。宽敞的座位，与飞机上差不多，座位前也有一个方便放杯子或者吃饭用的边桌。挨窗坐的位子，还能欣赏一下沿途的风景。

四小时五十分钟后，我安全到达了苏州北站。这么远的距离，高铁居然没有晚点。也真的佩服高铁的高效了。

"上有天堂，下有苏杭"意思是指天上天堂是最美的，人间的苏杭是最美的，以此来形容苏州、杭州的美丽、繁荣与富庶。

"人人尽说江南好，游人只合江南老。春水碧于天，画船听雨眠。"韦庄一词，实在是道出了一种令人心旌摇荡的意境啊！

苏州，有周庄，同里，有观前街，有苏州园林……每一处，对于我来说都是一种吸引。我曾经无数次地想象苏州的样子。

苏州是我第二次到来，而那一次，只是短暂地停留。那次听导游讲，苏州是全国六百多城市中 GDP 排名第七的城市，是一个富足而又悠闲的小城。

我看苏州人，的确显得很悠闲，不像北上广高大的城市，那样的快节奏，好像连走路上班都要加快速度。而苏州人不是这样，他们悠然自在，在不慌不忙中赚出足够的银子,小日子过得很是滋润呢!

二、同里

　　江南古镇,一般在江苏和浙江两省比较多。

　　浙江嘉兴也有最具文化气息的水乡古镇乌镇,浙江湖州,还有建镇有着745年历史,在中国近代史上罕见的一个巨富之镇——南浔。

　　在江苏的苏州,也有几处有名的古镇,苏州昆山有神州第一水乡周庄,在苏州吴江有号称"东方威尼斯"的同里,江苏吴县还有具有吴文化的聚宝盆之称的木渎。

　　到达苏州的第一天,住在了同里。住的酒店距离同里古镇也就有五分钟的路程。

　　我想,来到苏州,如果不去周庄,不去同里,便负了骨子里对古镇的一片诗情吧!

　　据说同里是苏州最具代表性的古镇之一,是一个具有悠久历史和典型江南水乡风格的古镇。

　　同里的古桥很多,古桥是同里的一大特色,它历史悠久,横跨宋、元、明、清四个朝代。我站在古桥上,望向远处,一条弯曲不绝的碧绿水带向前方延伸。两旁青砖碧瓦的小屋临水而居,这些温情的河水浸染着一座座坚硬精致的古桥,它一定是经受了近千年的沧桑变幻,从而让今日的石桥变得温情起来。

　　古镇有一条明清街,街巷逶迤,庭院深深,给古老的街增添了神秘的色彩。这条街上,有店铺,有卖特产,还有的屋子里摆满了字画墨迹,以及精美的艺术品。一些特色小吃色味诱人,一个个标注着小店特色的小旗在古街上空随风飘扬,感觉仿佛穿越了清明年代一般。

　　走在长方形青砖的古街上,无论是小店、民居,还是小桥、流水,整个画面简直就是一件散发着浓厚的江南烟雨气息的艺术品,它孤独却不失风韵,清幽而不失情调。

　　这里不像是景区,更像是民居。一个个古老的院子里,可能住着老两口,或者三两人,里里外外稍加装饰,就成了一个个颇具特色小时光咖啡馆、林家客栈、木吉木话、在水一方精品客栈……

　　老街有的热闹,有的安静,有的傍屋傍水,有的柳荫相辉。街街相通,道道相连,无论走到哪里,都不要担心会迷路。

小河流水犹如一条条缠绕古镇的丝带围绕着整个同里古镇，那一座座风格不一的石桥成为连接着古老美丽传说与当今时尚的纽带，系着曾经历史的沧桑与未来的美好。

我站在桥上，忽然想起一句颇具诗情的话："你站在桥上看风景，看风景的人在楼上看你！"

三、水上游

第二天本来计划去苏州大学看一看，思虑再三，放弃了。

乘车来到苏州园林——拙政园，到了拙政园不远处，要去那里买票，碰到一个人说：我带你去，八十元门票只需要40元。

我随她到了一个旅行社，原来是一日游。他们建议我去定园，苏州水上游每人100元。

我坐上了一日游的大巴车，来到乘轮船的地方。

上了船，这是围着苏州城而行的轮船。一条沿途经过盘门、胥门、金门、阊门等苏州古城门的古运河。这条河，围绕姑苏古城，极像一条光彩夺目的绿色项链，使苏州城更加的美丽迷人。

古运河的水碧绿清澈，动静结合，泛着灵气。远远望去，就像古代女子的眉黛，清秀而淡雅。

青砖碧瓦的阁楼建筑，缓缓流动的小桥流水，船在悠悠的水面上，加上那些古老的美丽的传说，让人感觉走进了水上天堂。

坐在游船上，环绕苏州城，赏她的小家碧玉的秀美端庄，品她的如梦如幻的烟雨江南，看她安逸清新的悠悠水乡。她是文人墨客笔下的迷人仙子，是我灵魂深处的水墨之乡。

神秘的苏州古城，是运河给了它含蓄与风韵，那一格一格的木格窗，让我想到了当年伍子胥建苏州城的辛苦和聪慧。

伍子胥，春秋末期吴国大夫、军事家，公元前514年，伍子胥奉吴王阖闾之命，"相土尝水，象天法地"，设计建造了阖闾大城，也就是今天的苏州城。在春秋末年的吴越之战中，伍子胥冤死，投尸于胥江之中，吴地百姓哀怜伍子胥的不幸，为他立祠于江边，因而在每年端午节的时候，苏州人民纪念的不是屈原，而是春秋末期吴国大夫伍子胥。

在美丽富饶的江南，在清秀雅韵的姑苏城中，处处留下了伍子胥的创造力和影响力，他和历史一同融到江苏人民的血脉里，成为古老神奇而厚重的史书。

四、定园

在小学就学过苏州园林，也一直想去苏州园林看一看。

在印象里，苏州园林一定是一个大大的园林，里面亭台阁宇，满目春花。小桥流水，旖旎风光。

来到苏州我才知道，苏州园林不是一个园子，他是所有园林的总称。像拙政园，定园，狮子林等。

在苏州诸多景区中，定园有点养在深闺人未识的意思。在我的短期旅行计划中，原本并没有定园一站，与它的邂逅，或许只能用缘分解释。实际上，缘分确实可以解释许多美好的相遇，譬如爱情，譬如友情。

南方的园林多属私家园林，北方则是皇家园林。北方的园林诸如北京的颐和园，北海公园，避暑山庄等，这些园林规模宏大，真山真水，唯我独尊，气势宏大。而南方的拙政园、留园等园林，多于假山假水，小巧玲珑，亭台轩榭，小桥流水，一步一景，赏心悦目。

定园也属私家园林，园中有天下第一壶，在曲桥中央的湖心台上。倾斜着，水流从壶嘴中喷泻而出，宛如一道瀑布。

园中也是弯弯曲曲的河道，阳光照耀下的定园，突然想起《小石潭记》的几句：从小丘西行百二十步，隔篁竹，闻水声，如鸣佩环，心乐之。……青树翠蔓，蒙络摇缀，参差披拂。在定园，要多听，多闻，多望，感受它的虚实含蓄，温婉超脱。

定园中有很多亭子，一般的亭子，有四角飞檐，而定园的半亭，看上去只有亭一半，因而得名。这也是创意吧。

也许看惯了北方园林的恢宏霸气，也许是先入为主的原因，或者是因为性格的原因，所有的园林，相比之下，还是对颐和园有更深厚的感情和依托。

在定园，游览的时间并不长，炎热的七月，苏州的天气还是很有特色的，像一个大大的蒸笼，闷得我喘不过气来。

五、观前街

来到苏州，如果不去观前街，就像去了扬州不去东关街，来了南京不去夫子庙，到了北京不去王府井，到了上海不去城隍庙一样。这里是八面玲珑，人气聚集的地方。

观前街名称来历：玄妙观在宋代名天庆观，故街名天庆观前。因观内遍栽桃树，花时灿若云锦，所以又名碎锦街。到元代天庆观改名玄妙观，街名随即改为玄妙观前，后又演化为观前街。

观前街是苏州城最有名的商业街，因为这里云集了很多名店名吃，像酱鸭、酱肉、酱蹄筋，苏式瓜子；稻香村的麻酥糖，黄天源的猪油糕、黄松糕、文魁斋的止咳梨膏、广式月饼、西式奶油裱花蛋糕、面包等等。据说它的得名迄今已有150多年的历史，一直以汇集稻香村、乾泰祥、黄天源等多家名优特色的百年老店而名满天下。

晚上的时候，我还是去观前街休闲了一下，一直喜欢吃海鲜，看到大街上的人都在吃一种海鲜——花甲，一般是情侣两个人，对坐在一张不大的桌子旁，各来一杯饮料或者两瓶啤酒，花甲吃的堆积如山，一边说笑，一边悠闲。

我坐在一张桌子前，跟老板也要了一份花甲子，一瓶啤酒。吃下去，味道鲜美，可谓极品。在老家，还真的吃不到这种口感和风味呢！

街上人很多，但是没有拼酒的，没有大声说话的，人们在享受生活惬意的同时，也用一份闲适和安静体验一种休闲的生活。

我懂了，为什么苏州人的生活慢条斯理，他们的日子过得像品茗一样，是因为一种内涵、内敛、安静和纯真。

六、苏州印象

去同一个地方，每次都会有不同的感受。

第一次去苏州，大部分是听出来的感觉，是全国著名的奢富小城。思想里只留下一个印象，就是：富足。

这一次来苏州，最深的印象感觉它是颇具代表性的江南水乡。如果说乌镇一袭湿漉漉、轻悠悠的江南烟雨，那么苏州定是一卷古典安静、恬淡婉约的水墨画。

在苏州小住五日，更深刻地感受了一下苏州的人文文化和地貌风情，它虽然没有北上广大都市那样的高大时尚，但是它不平庸，它用原汁原味的温婉气息吸引着我一次次地南下。它有一种深入骨髓的安静，一种端庄秀雅的清幽，让我情不自禁地向往与渴望。

　　任何一处旅行，如果我还想去第二次乃至第三次的，一定是那里有值得我再去品味和欣赏的风景，一定是有独特的文化风情激励我再去感受。

　　美丽苏州，等我，我还会来！

出行五百里

其实，我出游，没有别的思想，我只是喜欢大自然的风景，我爱美丽的河山！

有的人说值得吗？浪费人力物力财力。我不知道什么才叫值得？做自己喜欢的事就是值得。

出行五百里，到达了我们的目的地——南大港湿地。

到了十一月，湿地应该已经过了旺季，一些鸟类已经迁徙，只剩下大片大片的芦苇荡、一处处叫不上名字的湖泊以及这安静的晚亭。

湿地总占地 3400 多公顷，这是在家乡所看不到的风景，我们开车进去，游人很少，其实，优美而又空荡的风景，才是我最喜欢的情境。

走过一段段蜿蜒曲折的木桥，余晖下的芦苇宁静而又深情，它一定有个不为人知的心事，我看见，它在和夕阳悄悄诉说着什么……

时间过得好快，夜幕马上将近，我们区别来到黄骅市里，一个富有特色的饭店自信了我。

这饭店的名字叫人民公社,里面的服务员都是十七八岁的姑娘或者小伙子，他们都穿着六十年代红卫兵那样的服装，他们的称呼让我耳目一新，居然管我叫舅妈，我还以为我听错了，转头一看，他们管他叫着大舅……

饭店装修的模式也是那个年代的样式、座椅、墙壁都是用大红大绿的花被面包装，有一种回到那个年代的感觉，让人有一种新奇的感觉。

我们吃了海鲜大咖，桶装鸭肉，泡椒鱼皮，俩人喝了半斤红星二锅头，之后意兴阑珊地去找我们的住地了。

我们出门的时候小姑娘操着一口不太纯正的东北话高声对我们说：大舅舅妈慢走，有空您常来！

北方的江南水乡

一

听说在北京密云这个水系并不发达的地方,那里有一个不一样的长城,叫司马台长城,有一个不一样的小镇,叫古北小镇。

都说古北水镇堪比江南水乡的乌镇,提起水镇,就不由得想起江南,对江南,总有一种无法释怀的向往和痴迷,也许,冥冥中有一段前缘,遗失在了江南水乡吧!

去年,我去过一次乌镇,那个小镇,不愧是江南水乡,有着弯弯曲曲碧水蜿蜒的河流,有着青砖碧瓦傍水而居的小屋,有着青石板铺成的狭窄小街,有着一艘艘随波荡漾的乌篷船。小镇简朴明洁,清新婉约,时时散发着古色古香淡雅宁静的味道,让人在不知不觉中,油然而生一种"小桥、流水、人家"的感动。

然而,去乌镇的时间太短,没来得及深切地感受它温婉的气息,没来得及体味它旖旎的神韵,就匆忙离开了乌镇。

后来去了杭州,苏州,寻遍江南,泪眼婆娑。可能我所寻觅的,依然不是最初的本真。

往事已矣,不言过去。

今天,着一身简单的夏装,背一个随身小包,我深知,包里只有一张身份证和几张百元钞票。我甚至没带换洗衣服、没带卡,就这样拮据地逃到了密云县有名的古北水镇。

当乘车到达古北水镇的时候,已是下午。

古北水镇位于北京市密云县古北口镇,背靠中国最美、最险的司马台长城,坐拥鸳鸯湖水库，是京郊罕见的山水城结合的自然古村落。

距离水镇不远处，有一个沙岭民俗村，全村的房子都是青砖碧瓦的二层别墅，这些房子，不是整齐成排，而是错落有致，装修的房子都是青砖，每一家的房子墙壁上都有一个明显的数字号码。这个村子，每一家都是客栈，我在主人的盛情邀请下，住进了这其中的一家56号。

在山一隅，邂逅这样的一个有着不同于北方的憩息之地，也是一种惬意。

村街安静整洁，悠扬典雅，感觉这个地方既透着浓厚的水乡韵致，又带着浓浓的现代气息，许是主人操着一口标准的普通话，抑或是北方固有的服饰与气质，此时，有的院落载歌载舞，把酒临风，让我清楚地感觉自己依然就在北方的长城脚下。

天色已晚，决定明天早上再去一睹水镇的风采。

二

这一年，花开半夏，诗意旖旎。一种别样的情致，弥漫心海。细数光阴，终于完成生命里的又一次邀约。

清晨，沙岭整个村庄古朴端庄，素雅安静，没有城市的喧嚣，没有忙碌的人群，它与时光一起在酣睡。我沉浸在一片安详与静谧中，看着在雾气朦胧中隐约可见远处古北水镇层层叠叠的风景，于是，心，便张开了翅膀。

早安，古北水镇。

这是一个非常现代的售票大厅，雄伟壮观，富丽堂皇，高雅时尚，尊贵经典。

走进古北水镇景区，一下子，被它古朴、典雅的风貌打动，我一直以为，青石板的古街，鳞次栉比的房屋，青砖灰瓦的古老建筑，山水结合的古老村落，只有江南才能看到，没想到，这里的风景，依然有着小桥流水，杨柳依依，内水纵横，汤河萦绕，仿佛一处鲜为人知的世外桃源，风景如画，别有洞天。

许是不是周末的原因，这里的人并不多，没有拥挤的人群，没有熙熙攘攘的繁华，清静的小镇，反而给我一种幽静而闲适的轻松。也许因为这个小镇坐落于长城脚下，又有着不同于南方水乡之处，它既弥漫着南方水乡的静谧与柔情，仿佛又散发着一种北方的苍劲与悲壮。

走在街道中央，看两旁的建筑，古老的木质房屋，一般都是两层，深宅大院，重脊高檐有方方正正南方木制的木板门，制作精致的窗，雕花的窗格子，铜色的门环，彰显着前朝的端庄，浸透着凝重而大气的气息，给人一种深沉与厚重的美好。我静静地看着门上的每一条裂纹，轻轻地抚摸着窗棂上每一道沟壑，感受着它纹路背后的美丽与沧桑。

踏着斑驳的青石板路，我走进一个悠长而又狭窄的胡同。小巷、青石子路、清幽安静的时光……一下子，一个多年来一直魂萦梦牵的画面伴着水波在心底慢慢铺设开来，仿佛穿越了时光隧道，回到了那个久远的年代。轻踩着深巷里厚重的岁月，想起了戴望舒的《雨巷》，想起了那个带着愁怨丁香一样的姑娘，想起了千里之外的江南，想起了一个身影，一次倾心而又真挚的邂逅，一段美丽而惆怅的故事……

梦还是要醒的，路还是要走的，出了胡同，走上一座白色的石拱桥，一棵高大的杨柳辉映着桥下的河水，河水碧绿清澈，波光粼粼，三五只鹅穿桥而过。在北方，很难看到这样翡翠碧绿的河水，仿佛注入了南方的颜色。拱桥上坚固的小石狮，注视着人来人往，铭刻着过去和现在的风雨过往。我站在柳树下的栏杆旁边，拍下了这个装满诗情画意的神圣地方。

水阁是水镇的一大特色，水阁其实就是木制房屋，它们紧密地挨在一起，一条流水贯穿全镇。每个房屋有阳台，三面有窗，用石柱或者木桩支撑在河面上，水阁下面就是静静流淌的河水。走在水阁处的走廊里，尽管是夏季，因为是在山里，依然清风习习。水阁虽然不像我们现代繁华的居所那样舒适方便，但是，也是因为临水而居，古老而神秘，泛着乡土的原汁原味，从而让水阁有了灵气，有了一种无法抗拒的诱惑。远远看去，这水阁，这亭台，这弯弯曲曲的河流，这缓缓而过的小船，就是古镇里一幅烟雨朦胧的江南水墨画。

"永顺染，草木色，手工缬，天然彩。"在乌镇看到过"草木本色染坊"，这里也有一个染坊——永顺染坊。

走进永顺染坊的门，扑面而来的是青砖铺地规模宏大的晒布场，其中竖立着密密麻麻的高杆和阶梯式晒布架，满院子一杆杆高高挂起的蓝色花布，幽蓝的花布上印着细碎的小花，长长花布随风摇曳，轻舞飞扬，风姿婆娑，煞是好看。此时，仿佛看到了身穿蓝色小花布的温婉与沉静的江南女子，挽着蓝色的发结，系着蓝色的头巾，穿着蓝色小花的服装，有着雾一样的朦胧，水一样的清澈，百年清愁，温柔着，娴静着……

之后，我参观了染坊，据染坊管理人员介绍：独特的彩烤工艺流程，彩烤色彩丰富，是从当地的草木原料中提取的，像茶叶、桑树皮、乌桕树叶都是提取色彩的原料，草木本色染坊到现在还保存着古代人们染布用的工具。进到店里，有各种蓝白相间的服饰，方巾、衣裙、手帕、折扇……一种清新淡雅的色彩与韵味，油然而生。

三

我去过很多地方，能让我流连忘返的不多，能让我想有机会再度重游的地方不过一二，而古北水镇，是其中之一。

我喜欢这里，不但因为它具有的古典、清幽的水乡气息，还因为它是一个安静而文明的场所。我去过所有的旅游胜地之中，古北水镇的服务是独一无二的。

往往最被忽略的地方不同别人，越能反衬它的高明，往往越是细节之处超乎其他，越能体现它的高雅。

古北水镇就是这样的，洗手间往往不被大部分景区重视，而在这里，洗手间窗明几净，高档卫生，我想应该属于五星级的卫生间了。景区不是很大，但是洗手间非常多，最为可贵的是每一个洗手间旁边，都有一个高雅的休息室，累了，你可以和朋友坐在椅子上聊聊天，歇歇脚，养养神，可以在沙发上眯眼休息一会儿。可以养精蓄锐，精神焕发了再去游览。

现在的手机大部分是智能手机，耗电很快，因为拍照，我的手机已经坚持不下去了。然而，走在大街小巷的不经意间，还会偶尔看到一两个智能充电室。一个屋子里，有六七个智能充电器，一个充电器上，可以同时充三四个手机。在现在这样发达而快速的时代，如果手机不能使用，总会让人感觉无所事事似的。如果在危急的时刻，突然发现这样的一个场所，难道不是雪中送炭吗？同时，真的使人感觉这里的服务周到入心，人文文化浓厚。

在古北水镇中心广场上，有一个大戏楼，从很远的地方，就听到了一个人在说大鼓书。声音深沉激越，荡气回肠。在水镇游览接近尾声的时候，居然还看到了一场精彩的杂技表演，他们的功夫，与影视上的技能，相差无几。

之后，在绿水波涛之上，坐一坐随波荡漾的乌篷船，听一听船夫讲述的古镇历史，穿越一座座的石桥和两岸的客栈人家，在船上看一看古代学堂，望一望高山瀑布，赏一赏蜿蜒的长城，别样的水镇风情，在我的脑海里留下了永远而特别的记忆。

我看到了小镇的典雅、沉静、淡定、稳重，像一个美丽而简约的少妇，不张扬、不俗媚。素净的容颜，淡然的微笑。在这里，不要害怕会迷了路，也不要担心错过任何一处美丽的风景，因为这里的街道，道道相通，街街相连，从每一个道口出来都能看到似曾相识的风景。

不一样的小镇，给了我不一样的时光。我惊鸿的一瞥，将你完整地装进了心里。

记得在一本书上看到过这样一句话：上海适合邂逅浪漫，杭州适合牵手结缘，而乌镇，则适合去细细地探寻和体会我们生命与灵魂的原质。我想，古北水镇也一样。

也许，我不是在游玩，我依然是在寻找，寻找骨子里一直向往的那个澄澈纯净的世界。

古北水镇，因为你，我要感谢时光，让我没有错过，在最美的季节，遇见最好的你。

老 屋

每当听到一些童年的老歌，或者看到关于老屋的文字，我总是不由自主地想起自己儿时居住过的那间老房子，想起母亲，想起哥哥姐姐们围着桌子在一个大炕上吃饭，想起儿时的伙伴，还有那些岁月，那些场景……

老屋肯定和我有一种不解的渊源，不然为何，魂牵梦萦了这么多年。

人到中年的我，无数次的梦里，总是梦见小时候的那几间老屋。现实中，对那些记忆刻意想念时，却是零碎的，凌乱的，甚至是模糊的，无论如何也攒不成完整的模样。而只有在梦里，那些模糊的记忆会瞬时间铺设开来，变得清晰而缠绵。

老屋旁边的那个胡同，那个用蓝砖堆砌的不高的砖墙，还有一间不高的西厢房。那里面放着一屋子的稻草和耕地用的锄具。老屋子很朴素，其实也经历过少有的繁华。五间不大的房子，记录着大哥大嫂二哥二嫂的婚姻以及我们姐妹五个成长的过程，这个家是在我们村里少有的热闹人家。

那时候吃饭都是在炕上放一张四四方方的桌子，全家十来口人一起吃。因为我在兄弟姐妹中最小，我总是坐在炕上的最里面，左边是爸爸，右边是妈妈，挨着爸爸妈妈是哥哥姐姐，大哥肯定挨着爸爸，因为全家人中，只有爸爸，大哥还有我是左手用筷子。姐姐会坐在妈妈旁边，嫂子们很少坐在炕上吃饭的，因为人多，一般都是在桌子旁站着吃饭了。

老屋前面有一棵高大的槐树，每到五六月份，树上就挂满了白得似雪的槐花，槐树花挂满枝头，是那样的洁白、晶莹、圣洁，整个院子都飘满了淡淡的槐树花香。几个孩子在那个季节，会想方设法从树上弄下几串槐花，放进嘴里，慢慢地咀嚼，槐树花淡淡的香甜从舌尖直入心脾。

在院子里，还有两棵粗大的枣树，这两棵枣树，也许超过了我的年龄。它的枝丫张开如一把天然的大伞，我们有时在枣树底下写作业，妇女们有时候在树下乘凉说笑，打麻将……

院子里用竹棍或者玉米秸圈成一个长方形的篱笆，为的是防止鸡呀鸭的进去吃蔬菜。在篱笆里种草烟，也种各种蔬菜。院子里还有一个压把井，浇水需要先舀一瓢水放进压把井口，用力压，不一会就会抽出水来。

那时候爷爷奶奶都还在，我住的老屋与爷爷奶奶不在一个院子里，爷爷奶奶家在我家的南边，也是老房子，爷爷的院子很大，而且长了很多枣树，特别是有一棵枣树叫酸甜枣树，那棵枣树结的枣酸甜而且脆，非常好吃。每到枣儿成熟的时候，那棵树就是我们兄弟姐妹最惦记的事了，爷爷是舍不得让我们偷果子的，他看管得很严，于是我们总要大中午不睡觉，悄悄溜进爷爷的院子，前看后看，左看右看，实在没见有人，刚伸出手想摘枣，可偏偏就突然听到一个响雷般的声音：干吗呢！那真真切切是爷爷的声音。于是我们撒腿就跑……

那时候爷爷奶奶和老伯母住在一起，我们家和老伯家人都很旺，来往得也很亲密，就像一家人一样。老伯家的一个哥哥和妹妹和我年龄相仿，我们经常一同玩耍，一起度过了那一段美好的童年时光。

老屋老了，因而老屋翻盖了好几次，在我不同的年龄阶段有不同的样子，所以在我印象里不是一个统一的样子，都是这一点印象，那一点记忆，模糊而又真实的存在着。

而今，母亲不在了，爷爷奶奶也不在了，那老屋子里，只还有父亲一人。当然，父亲已经年迈，儿女们都已经成家立业，依然会常回家看望他。但是，看望只是暂时的，我可以体会到父亲这么多年难以言表的孤独和寂寞。

听哥哥说老屋明年又要翻盖了，而老屋最原始的样子离我的记忆越来越远了。那些人那些往事，那些斑驳的回忆却一直生长在我的灵魂深处，无论何时何地，想起她，都是一种久违的情愫漫上心头。这是一种美好的回忆，带有凄美而又厚重的情感。这样的情感，是人世间带着人间烟火最为真实而又最为美好的真情，永远而深沉！

我知道了，为什么她一直出现在我的梦里，因为那里是我的根，我的父母，我的村庄，我的童年，我长大的记忆……

我知道了，为什么我对她魂牵梦萦，因为我爱得深沉！

棕香，我浓浓的深情

端午节，像每年一样，慢悠悠地如约而来。

而今，每到端午节，不是想起在中华大地上传承了几千年的历史传说，不是想起投汨罗江而死的忠志之士屈原。而今的我，在这个时候，总是不由自主地想起母亲，想起家乡有关章节。

这个日子，我喜欢托着下巴，望向窗外，寻找曾经的影子。

总是想念那时蔚蓝的天空，圣洁的白云，想起那弯弯曲曲的小路、绝色的黄昏、玩耍的同伴……还有遍地开满黄色的小菊花、紫色的喇叭花，厚重而深沉的老屋，院子里飘满花香的粗大的古槐树，哥哥经常早上就去挑水的那台古井，还有那篱笆墙，影子咋那么长……那些记忆，总是在不经意间想起，也会经常出现在梦里……

想起村边的那条小河，小河周围郁郁葱葱的芦苇以及随风飘摇的芦苇花，在我童年的记忆里，留下了美丽的回忆。

那时候的家乡其实是破旧的，而今，在我心里，家乡，已经成为一幅古老而沧桑的油画。

从记事开始，那时候，每年，村里家家都要过端午节。

在这个日子，脑海里就会出现母亲的影子，想起她那灵巧的双手。

那个日子来临的前一天晚上，母亲就会把米用水泡起来。第二天收拾妥当，母亲端坐在桌子旁，满脸幸福与慈祥。一片片粽叶在她手里轻轻一卷，卷成一个漏斗的模样，放上红枣，豆沙，或者蜜枣、花生仁，然后放上一小撮米，再用粽叶将这些包裹严实，用晒干的马羚草系好，于是一个完整的粽子就成型了。

包好的粽子要放到锅里煮上好几个小时，那时候对于我们孩子们来说，可是一个漫长的等待啊。

多少年后，我总是在想，那粽子里包裹的，究竟是什么呢？

是一种殷殷的期盼，还是一份遥远的牵挂呢？是一腔深深的热爱，还是一片温暖的情怀呢？

我不知道，我不知道。我只知道，那里面是一双美丽的手，是母亲，是亲情，是故乡，是回忆，是我心里最爱的、最幸福的模样！

冬至，邂逅一份美丽

冬至，带走了四季的最后一丝温暖，留给我们一份安逸与悠闲。

冬至，山东滕州羊肉汤，宁波番薯汤果，嘉兴四式汤圆，台湾糯糕，安徽则是"吃了冬至面，一天长一线"，在美丽的江南水乡，冬至之夜，全家欢聚一堂，共吃赤豆糯米饭。

冬至，在寒冷的北方，则是吃上一顿香喷喷的饺子。

小时候这一天，有一份期盼，有一份等待，盼望冬至的到来，就是因为有这样一顿吸引着人的味蕾的饺子。

冬至，如果能够邂逅一场飘雪，将是多么的惬意。雪，是漂泊的花朵，醉了寂寞。那抹生命中纯净的洁白，绚烂了最初的纯真。

在冬天的树枝上，挂满茸茸的小雪球，朴素明朗。用棉一样的目光，握紧一朵雪绒花，然后看到她最美丽时候的微笑，于是，便有甜甜的味道，挂在我的嘴角。

冬至，把一朵雪花揣在怀里，让她有水的温暖，沙的舒坦，光的质感，她撒娇地钩住我手指，祝我每个白天梦到他，每个夜晚陪着他。

站在冬天的月光下，扬起羞红的腮，静静地数着自己的心跳。在深冷的夜里，学一支《雪花》的歌谣，闭上眼睛，晃动睫毛，反反复复地吟唱，一直到天亮。

冬至，无妨也为家人包一碗热气腾腾的饺子，感受一种冬天里别样的温暖。寒夜里，为孩子掖紧被角，不让冬夜的寒风侵袭亲人的身体。

泡一杯暖融融的红茶，与老友边饮边叙，浓浓的茶香，驱走冬日的严寒。出门时，提醒爱人穿厚实暖和的衣服，贴心的爱意温暖整个冬天。

冬至了,今夜最长。

从明天开始,日渐长一丝,夜渐短一分,就像幸福快乐一天天地累积,直至九尽春归……

魂萦千里，梦回扬州

一座城，就像一个人，于千千万万人群中不经意地看了他一眼，他的儒雅，他的气质，他的内涵自然而然地流露出来，使你爱慕，欣赏，虔诚，敬仰！

——题记

一

八年前，来过一次扬州。

因为时间关系，未能步入扬州古城，因而，扬州古城成为我心中的一个小小遗憾，倒也成为我日思夜想的梦。

虽然未见其面，但是也是从那时起，扬州古城反倒成为心中一个向往，一个古老的传奇。想象中，她一定有着江南水乡的雅致清幽，眉目清秀；她一定有着江南的女子婉约清丽，古色古香。

对我来说，她就是梦一样的居所，温婉秀丽，美丽安详！

在我的眼里，虽然扬州不属于江南，但是她有江南的腼腆，娇羞，矜持，优雅。轻轻的烟雨，淡淡的沉香。

"牵着你的手，相约在黄鹤楼……"一首《烟花三月》的歌已经家喻户晓，每次听到这首歌，都会情不自禁地想起扬州的古城、扬州的朋友，想起了扬州的瘦西湖……

时光荏苒，在这个世界上，时间往往能淡化很多东西。时间，可能让一段愁怨化为乌有，或者让一份熊熊爱火灰飞烟灭。时间，也许让一个人的梦想发生改变，或者让人生由单纯变得沧桑。在时间面前，很多东西变得回不到从前。

而我的对扬州的梦，一如既往，从未停止追寻的脚步。

二

在这个接近尾声的春天,还是紧追慢赶似的,终究没有错过烟花三月下扬州的这场约会。

初到扬州的时候,下着蒙蒙细雨。

闺蜜唠叨着这恼人的天,我却不停着说同一句话:来扬州一趟,如果不在雨里漫步一回,那也算白来了。

想必是老天猜透了我的心事,在我降临扬州的日子里,又圆了我一个潮湿而迷蒙的梦。

带着无限的神往,忘了一身的风尘与疲倦,穿梭在美丽古城扬州,徜徉在历史久远的古巷,寻找梦里一直温暖我的光亮!

几经周折,我们的酒店最终选在扬州古城东关街附近。

吃过午饭,略微休息,我们步入东关街。清风微雨中,第一次目睹扬州古城的真容。

扬州东关街位于江苏省扬州市,是扬州城里最具有代表性的一条历史老街。此时的东关街,没有因为淅淅沥沥的小雨惹恼了游人的兴致,反倒在这样的情致下漫步古城,更加别有一番风味吧!

老街上,一切都是古老的模样:掉漆的门槛、旧时的木门板、高大巍峨的古城墙,青砖碧瓦阁楼式的古典建筑,高高挂起的大红灯笼,红黄相间的帆布招牌,青藤悄悄蔓过高高的青色墙壁,在微风夕阳里招摇。熙熙攘攘的街道上,来自四面八方的游客,用好奇而又欣赏的眼光表述着心中的美好与感动。

小桥流水是一处景致,青砖碧瓦是一种风情。那古老的石墙,幽深的小巷,袅袅的青烟,远远近近的风景,再一次迷蒙了我的双眼……

时光仿佛已经停滞,躲在这古老的光阴里,冻结,凝固,也就在那一瞬间,几乎产生了错觉,以为自己又回到了那古老悠久的年代。

我知道,我是被这古老的气息迷醉了。

三

来到扬州,漫游古城,做客东关街,有几件事情一定不要错过,这可是一处处美丽风景,一道道人间美食,一次次完美体验。

请随我在扬州的东关街,坐一坐黄包车,听一听小曲,喝一喝小酒,品一品小吃,此时于我,尽管不是扬州人,却想完完整整体验一把扬州人。岂不悠哉，美哉？

黄包车

走进古街，可以随处看到人力黄包车。上面可以坐一个人，也可以坐两个人。坐在黄包车上，感觉一下子穿越到那个年月，仿佛也回到了三四十年代老上海，古老中散发着时尚，充斥着浓厚的"洋"味道。

坐着黄包车，穿行于古老的街道上，不要以为黄包车夫都是靠力气吃饭，坐在上面，他们能说一口标准的普通话，免费当你导游，知道当地各处的特色景点和人文文化。讲史可法纪念馆，讲扬州瘦西湖，讲扬州美食……他们的谈吐优雅得体，对家乡有着深厚的感情。如果不是身穿黄包车夫的职业装，肯定会感觉他们是知识渊博的大学士呢。

吹埙

在某个古老的卖埙器的小店里，你会看到一个吹乐器的女子。吹的是埙。它时而哀怨、肃穆；时而旷古、凄美。（据说埙是最古老的一种乐器，其音色明显带有商周时代所特有的精神气质：古朴、浑厚、低沉、沧桑、神秘、哀婉。）

当今，流行音乐不绝于耳，而这纯洁的天籁之音却被人们遗忘在乡间，其实，我们的骨子里，何尝不怀念这份纯净呢？

在我们北方，很难看到吹乐器的优雅与闲情逸致。一首悠扬的我叫不出名字的曲子，纯洁自然，有如天籁，却不禁让人身入其境，于情于景，会感觉到这是在烟雨的南方才有的情调，那带着泥土芳香的埙奏出大地的吟唱、天籁的绝响，让我们深刻地感受到远离尘嚣、至纯至美的精神境界。

我仿佛看到，在幽幽的古巷里，那个撑着油纸伞的美丽姑娘……

真是此曲只应天上有，人间难得几回闻！

吴勾酒坊

绵绵细雨的午后，感觉有些许的凉意。

关东街在扬州古城深处，走在石板路上，这里好像是被时光遗忘的角落。相比较丽江，乌镇等古街，少了很多商业气息，呈现给我们的是一种原汁原味的原始古朴味道。

"借问酒家何处有，牧童遥指杏花村。"而在此处，不是杏花村，而是吴勾酒坊。

沿着老街走下去，先是闻到阵阵桂花飘香，随后你会看到东关街大名鼎鼎的吴勾酒坊。买酒的人真多，这里有桂花酒，杨梅酒，还有姜酒。

盛一碗米酒，陶醉在扬州古城特有的香气中！淡淡的桂花香和米香发酵充分结合，它柔柔的，轻轻的，没有我们北方酒质的炽热浓烈，没有喉咙以及心中产生的燥热，这种酒，只能静静地品，静静地享受那种微甜。在不知不觉中，被淡淡的香甜迷醉，悠然，醺然，醉然……细细感受着味蕾的变化的同时，慢慢体会着扬州文化的博大精深！

我们北方人，可能喝不惯南方的酒，而扬州桂花酒，杨梅酒，一定要尝一尝。

我各买了一瓶，要带回去给父亲品尝。相信千里之外的酒，更加别有一番味道。

扬州小吃

扬州不但是烟花之地，还是美食之地。如果你到了扬州，她的特色小吃还是一定要尝一尝的。

黄桥烧饼是古老的汉族传统小吃，产于江苏省泰兴市黄桥镇，属江苏菜系，流传于江淮一带。黄桥烧饼色泽金黄，外表美观，香酥可口，不油不腻，是江苏特色小吃之一。作为江苏省的著名小吃，黄桥烧饼被列入国宴的点心行列。（黄桥烧饼得名于1940年10月那场著名的战役"黄桥决战"，战役打响后，黄桥镇当地群众冒着敌人的炮火把烧饼送到前线阵地，谱写了一曲军爱民、民拥军的壮丽凯歌。）

盐水鹅是淮扬菜系的杰出代表菜之一，在江苏长江流域及长江以北地区具有相当高的受众，吃上一口，鲜嫩爽口、肥而不腻、味道清香、风味独特。

这里还有杨八怪姜糖、聚香斋的豆花，赵氏叠汤圆，赖氏四喜汤圆，粗茶淡饭的藕粉汤圆，宝应常鱼面、赵氏叠汤圆，还有朱记牛肉汤可以免费续喝，配上烧饼和锅贴，美极了。如此这般的美食，不吃一口，岂不是枉来扬州！

风情小店

古街深处，在青藤缠绕的屋檐下，一个小店《"行走扬州"》，让我耳目一新。这是一个很有味道的小店，让你仿佛进入了一个小清新的世界里。

行走扬州,一个非常潇洒漂亮的名字,这家小店经营各种扬州特色的小挂饰,满店都是玲珑满目的纪念品,每一件都是独具风格的雅致与情调,伴着一曲《雅致茶音》,我的眼睛在这些物品中逡巡,想选一件自己喜欢的带回家。

我看中了一个小小的精致的米色笔记本,它的封面是风干的浅黄色太阳花和绿色的叶子,有一种古色古香的味道,用它来记录我的踪迹,多好!

扬州风情,让我沉醉,扬州美食,让我流连忘返!

四

一直感觉,扬州虽在江北,却有江南的韵味。在我心中,它是梦里水乡,她是撑着油纸伞的女子,她是风景旧曾谙。所以,我总心甘情愿地称她为江南。

我是一个纯粹的北方女子,却深深爱着一个南方的古老都市!

我想,或许,今生今世,我骨子里和扬州结下某种不解之缘;也或许,在我的某一世,我本就是生在那个古城、长在那个古城的一个女子,在那里,邂逅了一段风花雪月的故事,不曾化解,今生投缘。

我想一定是的,不然为何,我怎么会对扬州有着如此忠贞不灭的热情,岁岁年年于魂牵梦萦中呢?我怎会如此这般对她有着深沉的痴恋和厚爱,日日夜夜于期盼与等待之中呢?

一座城,就像一个人,于千千万万人中不经意地看了他一眼,他的儒雅,他的气质,他的内涵自然而然地流露出来,使你爱慕、欣赏、虔诚、敬仰!

我想,扬州一直根植于我的灵魂中,也许,这就是我多年找寻他的理由。

若干年后,我还会来,与你倾诉,与你再次重逢!

旅行，是一种孤独在行走

不知多少次，总是一个人登上飞机、乘上高铁，或者坐上大巴，去我想去的那个城市、古镇、海边、湿地、山峦或者草原。

旅行是一种心情，是一份惬意，旅行是一抹斑斓，是一个梦想。

喜欢随性随心的行走，累了，就休息，可以看着风景，坐在那里安静地享受一种疲惫。不用担心被导游催促或者赶不上队伍。看到入心的风景，可以长时间目不转睛地凝视，体会那种无法言喻的美好和感动。

旅行也是一种孤独在行走，是灵魂深处孤独的释放。

孤独，其实是一种美，安静，自由。

坐在飞机上，可以隔着玻璃看那些云朵，俯视变得那么渺小的村庄、都市、山峰。从内心深处我可以悄悄地与它们对话，我很安静，可是他们却能听到我心底的声音。

坐在高铁的座位上，看着车窗外高铁两旁一片片错落有致的梯田，看着一花一草惊艳地盛开，会为大自然的杰作而感叹。迎面而来的高铁相互错过的瞬间，体会那一瞬间的悸动和害怕……

在古镇，青砖碧瓦的古城墙，幽深狭窄的小巷，悠长的青石板，墨绿的青苔，石缝中野花和小草，爬满墙壁的蔷薇花……每一处细节，都像一个古老的童话，幽幽诉说着一种情怀与深情。

在海边，赶海看日出，光着双脚，踩在沙上，捡拾一份美丽与回忆。夜晚，倾听有节奏的排浪翻卷的低吟，倾听海浪拍打岩石的峻冷。在隐隐约约暗淡的月光下，一对恋人相互拥抱，轻轻接吻，那时，在朦胧的月光下两个身影构成一副最美的画面。

旅行其实就是内心与大自然的对话，可以最近距离地倾听一种声音，感受一种花香，可以用最原始的情愫迎接一份欢喜，体验一种感动。

每一次旅行，却期待有一次浪漫的邂逅，遇到一个像我这样心无旁骛的人，不管是一个淡雅别致的女子，还是一位成熟深刻的男士，不需要性别的区分，哪怕不说话，但是能够从心灵深处感受出他们也在安静地感受旅行，感受来自大自然天籁的声响。

不奢求，从不会奢求一份相遇，生命里注定遇见的，相信早早晚晚一定会来。如果有缘，一定会在生命里有一场盛大相逢，即使在悬崖峭壁，也会在山涧里开出幽兰一样的花朵。

我依然期待，也坚信，那个人，一定在旅行的路上默默地等我。

我在北方的冬天里，想念南方秋天的你

好久没有动笔了，不是思想懒惰了，是我情愿赖在冬日的暖阳里，静静地想那个秋天，想念南方秋天里的你。

我眼里的那个你，厚重，沉静，高大；我心里的那个秋天，浪漫，深情，美好。

你在我的南方，江南水乡，隔山隔海。

我在你的北方，茫茫中原，千里之外。

历经沧海桑田，你依然傲然挺立，你的坚贞，燃烧着心中不灭的信仰。

南京，南京

很久很久，你就住在我的心里，你像北京首都一样的高大。

你在江苏，有着"江南佳丽地，金陵帝王州"的美誉，中国四大古都之一，六朝古都，"十朝都会"之称，中华文明的重要发祥地，历史上曾数次庇佑华夏之正朔。你的怀里，有高山，有深水，有平原。

你是一座命途多舛的城市，充满传奇。你是人才济济之地，多少风流人物聚集此地。

你有着悠久的历史，无论是辉煌的，还是血腥的，无论是美好的，还是屈辱的，都深深地埋在你的脚下。

都说你是一个带有悲情的城市，那些灾难，证明着你的坚强不屈，它只属于过去，成为你生命长河的历史见证。而今日你的繁华，才是你最真的自己。

其实，我最爱的还是今日的南京，你既有着北方的阳刚、巍峨，也有着南国的秀美、婉约。既有着古都的深沉与厚重，还有现代的时尚与干净。

喜欢南京大路两旁雄伟粗壮法国梧桐，无论走到哪里，随处可见，一眼望不到尽头。暖暖的秋阳射在高大梧桐树上，一个个精灵般在闪动，在地下留下斑驳琉璃的影子。阳光下，拾起一片绿色的叶子，看它细细的脉络，它清晰而疼痛的经络像掌心不规则的手纹，蜿蜒崎岖诉说着生命的预示。

漫步在梧桐树下，阵阵桂花香从远处飘来，直入心脾。真的不知道桂花的源头，只知道它的香气弥漫了整个南京的大街小巷。

历史文化，法国梧桐，桂花飘香，在我的心中，你永远是一种神秘的美丽。

夫子庙，秦淮河

夫子庙，闻名遐迩。来你这里，终知道什么是繁华。

街巷人流涌动，各种江南特色的美食，应有尽有。

曾经，你是明代科举考场，是古时候最大的科举考场——江南贡院，像扬州八怪之一的郑板桥，风流才子唐伯虎，中国共产党早期的领导人陈独秀等，都曾经在这里参加过考试。先后有十个王朝和政权在这里建都，这里是封建统治者笼络和挑选人才的地方。

夕阳下，在如潮的人流中，看夫子庙金粉楼台，楼阁上，大红灯笼高高挂，浸透着一种古色古香的气息，远远望去，组成了长长的一点红晕。水榭亭台，曲院回廊，不由得让我想起明清时期，多少人在此处把酒言欢，莺歌燕舞，临楼粉影，晕染秋月。

"一带秦淮河洗尽前朝污泥浊水，千年夫子庙辉兼历代古貌新姿。"十里秦淮，古往今来，不知多少文人墨客为之倾倒。

华灯初上，夜游秦淮河。曾经漫步在灯光闪烁高大林立的现代化气息的上海南京路，也曾在苏州夜游过小桥流水、婉约别致的江南水乡的同里夜景，而在秦淮河，我却看到了"烟笼寒水月笼沙，夜泊秦淮近酒家"的佳境，可谓是十里连珠，灯红酒绿，亭台楼榭，画舫凌波。我仿佛走进了熙熙攘攘万家灯火的明朝的媚香楼，走进了《桃花扇》，想起了居住在秦淮河南岸的文德桥畔不畏权贵的秦淮八艳之一名妓李香君……

夫子庙，秦淮河，你是一段刻骨铭心的记忆，一个古老深远的传奇！

宋城

"给我一天，还你千年。"宋城，这就是你的誓言！

而今，我走过千山，跨越万水，不为风月，只为与你的一场跨越时空的约定。

都说到杭州不到宋城，犹如到北京不到天安门。我看见，宋城千古情，是一处链接过去、现代与未来的神秘空间。

你是一座神秘的"城中城"，在杭州城西郊，与西湖毗邻。走进宋城，一梦千年，恍如隔世。

初次看你，一种古典的文化气息扑面而来。原来，你是一座从画上搬下来的古城。你的原型是《清明上河图》。

细雨蒙蒙里，看到了七十二行老作坊等崭新亮相，陶泥坊、酿酒坊、豆腐坊、打铁铺、麦芽糖、船坊、白族银铺、爆米花、糖画……仿佛看到了那些来自天南地北的民间艺人汇聚在宋城的千年老街，各显神通，一展绝技……

走在稀奇古怪的"江南第一怪街"，这条街中有许许多多大大小小的屋子，但是都很特别，也许这才是"怪街"的缘由吧。这些屋子，依照宋高宗赵构的梦境而建，斜屋、倒屋、横屋、隐身屋。街上，随处可见济公、西域美女、四大才子等各类人物，还有王员外家的小姐抛绣球，最好与美人拜一回天地，真是快哉！在宋城市井街上各种美食，品尝一下土豪家族现打年糕，杭州叫花童子鸡、吃手工豆腐以及孙二娘包子……

我真的像是穿越回到宋代，细步街头，琳琅满目。一个身着古装的女子，衣袂霓裳，轻舞长袖。

那是我吗？是否与你如约而来。

我知道，今生，我不为盛宴，只为与你千年的相见！

乌镇

我不知道，我一次次地往返来看你，难道我是在找寻什么？

我一定是在这里遗落了什么，是安静清幽的古老雨巷？还是蒙蒙细雨中撑着油纸伞的姑娘？是前生冥冥之中注定的那份前缘？还是今生今世多年来自远方心底的呼唤？我想，一定是一种情结，这个情结，恍如隔世，穿过万水千山，抵达彼岸！

而今，我来寻你，来寻得一份遗落在江南的梦。

来乌镇，如果没有细雨蒙蒙，一定体会不到那种烟雨江南的味道。

而此刻，时不时就下起了蒙蒙细雨，它缠绵而多情，落在头上、青石板上，落在斑驳的乌篷船上。斜风细雨中，人影，桥影，树影，还有那轻烟萦绕淡淡氤氲的雾气，湿了石桥、窗棂，这一处处湿漉漉的水迹，远远望去，俨然一幅流动的水墨画。

在雨中，那一座座临水而建古旧木屋，庭院深深，依桥而立，这里面曾经的主人，想必美眷如花，还有毕恭毕敬的奴婢，穿行在庭院之中。而今，人去屋空，一种沧桑之感油然而生。

我静坐在阁楼上，推开精美雕花的窗棂，向下看，一个穿着蓝花色旗袍，撑着油纸伞的女子在细雨中慢慢走过，她的神态如此秀雅端庄，她走上石阶，消失在幽深的巷子里……

蓝色旗袍的女子，不禁使我想起了草本染色作坊的那个小院子，一片片随风起舞的素雅蓝色印花布从天而降，让我惊奇与震撼，这些蓝色小花的棉布，看着如此的亲切和温暖，丝绸般华丽的梦想在心里摇曳。仿佛它就代表着江南，代表着几世的情缘，莫不是在多少年前，我在这里居住过？也穿着这样蓝底白花的衣裙，在悠长悠长的青石小巷里穿梭，不然为何，见到它，就有这种强烈而倾心的归属感呢？

穿过一个又一个巷子，看过一间又一间老屋，走上一座又一座石桥，淋了一次又一次的烟雨，你，真的让我这颗易感的心变得温润而潮湿起来。

乌镇，在我心里，你代表的东西太多太多，我要铭记的也太多，今天，我带着一袭轻梦而来，我想告诉你，你依然是我心中最俊秀的模样。

我爱江南，更爱南方秋天里的你！虽然我是那么喜欢，但是我依然不得不离开你。

我深深懂得，最爱的东西，不一定拥有。就像我与你不能永远长久相依，但是，你在我心里，从没有距离。

姑苏城外那朵云

姐姐说，长这么大，还没有到过苏杭，约我一同前往。

那日，随身携带一本席慕蓉的《无悔的青春》，一把伞，我俩就直奔廊坊高铁，苏州南下。

苏州，你知道吗？这次，我已经是第四次来看你了。

苏州不是一个很大的城市，给我的感觉她是小家碧玉一样的，羞答答，而且慢悠悠的。

第一天到达的时候，已经是中午了，我和姐姐安顿好住宿，几乎没有停歇，就去了苏州有名的古镇——周庄。

我去过乌镇、同里、南浔，而这有着中国第一水乡的周庄，却是我梦里一直都想抵达的地方。

周庄是一个美丽的古镇。周庄古色古香，石桥，宅院，乌篷船，大红灯笼，枕河人家……她就是一个神话，一个天堂。

周庄是有历史渊源的。周庄是清雍正年间沈君（沈万三）的故居，他是当初江南第一富豪，如果估量他到底有多少的财富，用一个词语可以形容：富可敌国。传说他帮助朱元璋修筑了三分之一的南京城，可是因为请求出资犒劳军队，随即招来杀身之祸。可叹他一生小心翼翼，最终还是因炫富招来嫉妒从而得罪皇上被发配云南，几年后抑郁而终。而今的周庄，几多风雨，几多忧愁，她的坎坷和沧桑，都已成过往云烟了。

周庄的夜晚是醉人的。印象最深的是周庄晚上的那一幕演出《四季周庄》。舞台搭在缓缓流动的河上，河间有小桥，期间有很多船只的表演，有渔夫、渔歌、渔船、鱼灯、鱼作，一举一动惟妙惟肖，彰显着水乡特色，给人一种身临其境于江南水乡的感觉，从《四季周庄》里，看到了古老传说的沈家故事，周庄的成长和经历的风雨，还有一个个穿着旗袍、撑着油纸伞、迈着轻盈步子的江南女子，温婉动人，优雅别致。这样浓厚的江南味道，恐怕只有苏州才有吧。

周庄也是多情的。那年，才情女子三毛悄悄地来过周庄，也许，因为这里是她一生魂萦梦牵的地方吧，所以，她到周庄就哭了。那年，三毛是悄悄离开周庄的，离开时她亲了亲周庄的油菜花。也许，因为她对这水乡有着一种无法言说的情怀与眷恋，所以，她是哭着离开周庄的……真的没想到，三毛那一次离开，就再也没有回来……

其实，对一个地方的了解，不是靠一次两次的旅游所能了解的，那只能说是皮毛，甚至有时候这种了解与一个城市的人文文化是大相径庭的。

前两次都游过园林，这次，本不想游苏州园林，但是毕竟苏州园林是上了初中课本，在中国也是很有名的，姐姐还不知道苏州园林都是什么样子，所以我还是带姐姐观赏一下苏州园林，我们去了留园。

留园是中国大型古典私家园林，是明代徐泰时建造，到清代刘恕以故园改筑，名寒碧山庄，又称刘园（后为谐音留园）。留园深邃曲折，幽静雅趣，平淡疏朗，简洁而富有山林之趣。

无论是清代刘恕的留园，或者是唐代诗人陆龟蒙的住宅拙政园……苏州大大小小的园林据说不下一百多处，苏州的园林，虽然不像颐和园或者避暑山庄那样的皇家园林那么气派辉煌宏大，这里却是假山假水，一步一景。既有小桥流水，也有亭台楼阁，既有百花争艳，也有郁郁竹林。当然，来过几次苏州，很多园林，大同小异，对我来说，还真的不是很新奇了。

看过很多的园林，在我心里，最美的园林莫过于北京的皇家园林颐和园了。

"江南好，风景旧曾谙；日出江花红胜火，春来江水绿如蓝。能不忆江南？"

我不知道自己是不是前世就出生在这个地方，不然为何，自己一次次地流连忘返这个梦里水乡呢？为何，我对苏州原汁原味的古色古香会有那样一种莫名的亲近与热爱呢？

我不知道为什么自己骨子里总想那么透彻地了解苏州文化、历史、渊源，为什么那么想真实地感受那些江南水乡的情怀呢？我不知道为什么对那些小桥流水、那些白墙碧瓦，以及那条围绕姑苏城的大运河有那么深的爱恋呢？

我想，或许，我就是围绕周庄古流至今的那条绿色丝带一样的河流；或许是夜半钟声时的一袭灯火；也或许，我是姑苏城外上空飘逸的那朵云，无论我飘到哪里，都要回归我渴望的天空吧。

这朵云，漂泊，流浪，随风飘过很多地方……而姑苏，却像我久违的故乡。

八年的爱，恰似岁月的温柔

——写给扬州瘦西湖

一

春风又绿江南岸的时候，我来了，再一次地与你重逢。

渐渐地，我向你走来。远远地，我看到你屹立在那里。我看到了你殷切的眼神，看到了你真切的面容，看到你依然是当初的模样。

你的眼睛就是西湖清澈的水，其实，你的眼神分明已经真实地告诉我，今日，是握手重逢的盛典，今朝，是倾国倾城的盛世。

我知道你在等我，就如当年一样，你安静地等着我的到来。你可否感觉到我八年的期盼吗？你可否懂我对你那种任凭岁月风雨淋不灭的情怀吗？

你在我记忆里鲜活了八年，你如跳动的音符在我的血脉里生生不息。说不清，为什么从看你的第一眼就喜欢了你；道不明，三千个日日夜夜又是如何默默地将你安置心中？

在我心里，你有最初的妆容，在我生命里，你有千年的风流！

年华虽已更换，故事就在昨天。

时光亦老，心不老！岁月匆匆，景依然！

二

春风十里，烟花扬州。

烟花三月下扬州，这是多少人向往的地方。

扬州的瘦西湖，也不知浸染了多少文人墨客的心，牵动了多少帝王钟爱的情愫。

"垂杨不断接残芜，雁齿虹桥俨画图，也是销金一锅子，故应唤作瘦西湖。"这是清代汪沆的一首诗，真的无法想象，当年到底耗了多少的金，才铸就了今日烟花三月不老的传奇？

园子，依然是当年的园子，水，依然如当年的那般清澈。

瘦西湖，你，依然是十里波光，迷蒙绮丽。你，还是那么清瘦，依然那么精致。你如温婉轻柔的江南美女，身系一袖淡绿的飘带，在岁月的长河里，轻盈飘摇。你舒展着曼妙和轻柔的腰肢，与我闲话一种风情、一种雅致。

漫步苏堤，走上小桥，转九曲十八弯。静观湖面，赏一泓清秀，看小径两边盛开的大朵大朵的洁白的琼花，她们紧紧地拥抱在一起，在春风煦日下低吟浅唱着一首天荒地老的歌谣。

一湖瘦水，潺潺流淌着源远流长的历史文化，诉说着千年的诗意和浪漫，可是有谁知道？这其中也包容了多少朝代的沉痛和倦怠啊？

我懂，懂你的疲惫，你的包容。我懂，懂你的厚重，你的豁达。

而今，你依然不染风尘地在我眼前，我清楚，你已经将一份淡泊宁静放在心里，不惊不喜，淡若清风。

三

二十四桥依然是瘦西湖中我最刻骨铭心的一座桥，你依然透着神秘传奇的气息。

这个白色的桥，依然如当年的坚毅。在这个清晨，我仿佛回到了那年那月那日的二十四桥上，依稀听到了八年前在二十四桥上的欢声笑语。

细数着一级一级的台阶，想起杜牧的"二十四桥明月夜，玉人何处教吹箫？"千古名句，翻开历史烟云，传说唐代时有二十四歌女，一个个姿容媚艳，体态轻盈，曾于月明之夜来此吹箫弄笛，巧遇杜牧，其中一名歌女特地折素花献上，请杜牧赋诗。

想象着二十四位佳人于明月之夜在红药桥上吹箫，不免心生感慨，吹箫是寂寞的，二十四桥，八年来，你寂寞吗？

风云已过，玉人不在。

花开花落，风景依旧。

四

你有着秀拔的身段，曼妙的风姿，你，就是扬州二十四景之一白塔晴云。

你是冈东第一景，据说是乾隆二十二年一夜之间建成的。那就是传说中的"一方富甲盐商泼水撒金，瘦西湖一夜起白塔"。

当历史烟云散去，白塔依然名垂千古。而今，你依然一身洁白，亭亭玉立。远望，你傲然耸立在丛林之中，近看，你巍然屹立在众人面前。

你沉默不语，任他历史沧桑变幻，自有后人评说。

多少时光，我愿意在你身边慢慢走过，曾经的苍凉与伤痛，在这个人间四月天的尾声里，所有的记忆成为一生一世的暖！

白塔晴云下，我怀着圣洁的心情，双手合十，虔诚许下一个心愿。

你见或者不见我，我都在！

你爱或者不爱我，我都爱！

五

五亭桥，需要我寻寻觅觅，方能捕捉到你的身影。你有南方之秀，亦有北方之雄。

都说如果瘦西湖像一个婀娜多姿的窈窕淑女，那么五亭桥就像五朵莲花组成的腰带紧束着瘦美人，有着无比迷人的风姿。我信，我信！

你看，你看，一处处风景，目不暇接。

莲花桥，是五亭桥的经典，如一朵盛开的莲花，淡雅出尘。

御码头、冶春园，四桥烟雨，木樨书屋，流连忘返。

徐园，吹台，绿荫馆，湖上草堂，风景美丽怡然。

湖中有湖，园中有园，桥桥不同，道道相连。长堤春柳，风韵翩翩。蜿蜒曲折，忽明忽暗，俨然一幅天然而成的水墨长卷。

我知道，此时此刻，你给了我最美的容颜，为的是不负我千里迢迢的相见。

其实，你不知道，不管你是浓妆艳抹，还是素颜清寒，你依然是我心中最美的画卷。

六

我明白，无论你走，我来，都是一场风花雪月的相逢。其实，我深深知道，我不是来看你的风景，我是来与你重逢。

八年，足以轮回一个前世，可是，我依然是不变的今生。不是世间没有更美的风景，是我的真情生长在了江南的细雨蒙蒙中。曾经沧海难为水，除却巫山不是云！你可懂得，八年的爱，恰似岁月不变的柔情！

任时光荏苒，岁月沧桑，对你的欢喜，对你的挚爱，永藏心中！

美丽的塞罕坝

一

这个假期，我到过很多地方。

去了有着江南水乡一样风光、优雅别致的古北水镇；去了历经康熙、雍正、乾隆三朝的中国古代帝王宫苑承德避暑山庄；去了与密云的司马台长城比邻、浪漫花海的薰衣草庄园……

这次计划出行，我们一行八人，是由四个家庭人员组成的自驾游。

这次出行，对我印象最深的，就是具有"河的源头、云的故乡、花的世界、林的海洋、珍禽异兽的天堂"、被赞誉为"千里松林"的塞罕坝草原——塞罕坝原始国家森林公园。

塞罕坝，"塞罕"是蒙语，意为"美丽"，"坝"是汉语，意为"高岭。"我还是第一次听说这个地方，我想那一定是一个非常美丽富饶的大草原吧！

据资料可查，塞罕坝地区在距今三百多年前曾生长着茂密的原始森林，清朝康熙年间被划为"木兰围场"，成为皇家猎苑。

当我们的车子驶进塞罕坝原始森林的时候，已经接近黄昏。

塞罕坝原始森林很大，也很气派，在空旷的原野，蜿蜒的公路上只有我们一辆车子在快速行驶。路边的风景，近看，千亩林海，万亩松涛；远看，水天一色，鸥鹭长鸣。

此时，我想起了国泰民安，居安思危的康熙帝，想起了接受康熙帝的检阅金戈铁马八旗，想起了猎场里排兵布阵的无限辉煌……虽时过境迁，但历史遗迹比比皆是，虽斗转星移，可草原风光依然那么美丽。

曾经的历史，在脑海里回闪。以往的时光，在岁月里倒流……

这是一处草丰水美的牧场,一片绿色丰盈的湿地,一个飞禽走兽时常出没的原始森林,看着这宏大的自然风光,看着这伟大的大自然杰作,我忽然想起了香格里拉的普达措公园,浩瀚深林,一片幽静,天上地下,一片苍茫,这场景是何等的相似。

因为抵达塞罕坝森林公园的时候已经是黄昏,我们没有更多的时间来感受大森林的神秘与神奇,错过了用心聆听大自然发出的声音,没有仔细体会丰富的自然资源带给我们的美好,在很短的时间内,疾驰而过。

我心里想,明天,我们应该还会返回来,来悉心体验塞罕坝原始森林的大美。

塞罕坝,是一个神奇的世界,是虔诚者的天堂。

二

晚上,几经周折,我们住在了塞罕坝机械林场总场兴林街的顺鑫酒店。

在饭店大堂经理的热情推荐下,盛情难却,我们点了240元一只烤羊腿,等烤完端上来,原来就是一盘咬不动嚼不烂吃不出啥味道的骨头,骨头上带着可怜的星星点点的肉丝。

晚饭后,在这个酒店的后院的一个大的广场上,有一个篝火晚会。

我们几个人随着人群,也进入了广场,在欢快的节奏里,我们手牵手,跳起了舞蹈。

我们欢呼着,跳跃着,仿佛一天的疲劳,在此时已经消失殆尽……

第二天清早,我们吃完早饭,在一个当地人的带领下,我们去了马场。

这里的马儿真多,骑马的人也很多,我依然担心自己是不是敢登上马背,记得自己骑过一次骆驼,在骆驼宽阔的背上,它一动,我就感觉自己左右摇晃,好像随时都会从它的背上掉下来一样,所以那次骑骆驼是一次失败的经历。

那次的经历,很多年以来,都让我记忆犹新,自从那次之后,让我对骑马也产生了恐惧,骆驼都骑不了,更何况马呢?

身边的他一直鼓励我,在他的安慰下,我骑上了一匹棕色的马。

骑上马,我双手紧攥着缰绳,紧张神经的作用下,手心出汗,上身僵直,一个马倌为我牵着马慢慢行走。

我说:我害怕,我会不会掉下去啊?

马倌说:不会掉下去的,你不用紧张,放松些,眼看前方,不要看着马。

我按他说的做了，心情放松，看遥远的天空和草原，真的好多了。

一直认为自己只要上马背就会掉下来的我，居然学会了骑马，而且还能骑着马儿在绿色的草原上奔跑。

到回来的时候，他骑着一匹白色骏马，两匹马并排行走，此时，我已经能很轻松自在地坐在马背上，唱起了那年那月的歌谣。

原来战胜自己，就是战胜自己的恐惧心理。

三

我们终究没有再回塞罕坝原始森林看一眼，就一路而下了。

从塞罕坝回来的路上，依然是一处处美景如云，很多地方，我们没有停车，没有来得及欣赏就过去了。

其实，每到一个地方，遇到了美景还是应该下来看看，因为今生，或许我们能到很多地方，但是重回同一个地方的次数不多。毕竟，错过了，是一种遗憾。

忽然，一片一望无际的油菜花，映入了我们的视野。

我们停了车，走进花海。

天空高远，洁白的云，蔚蓝的天，金色的海洋……放眼望去，这片花海，这一个个微微凸起的山峦，就像是一幅金灿灿的织锦，在草原的深处，铺向远方。一览无余的草原，漫山遍野都是油菜花。无边无际的金黄色，在我们视线里延伸，延伸到视线看不到的远方。这是金色的草原，色彩在这里才得到了真正的诠释。

我拍下了这片金色的海洋，长这么大，还是第一次见到这么广阔无垠的油菜花。

记得五月份的时候，特别想看油菜花，问了好多人，附近都没有。最后在外甥女的推荐下，在北京寻找到了一处油菜花地。现在想想，那片油菜花与这里的油菜花相比较，北京那片油菜花庄园可以算得上这里的一个裙角。

忽然间明白，其实油菜花园不在于大小，自己主要是喜欢那片金色，哪怕只是小小的一朵，也足以绚烂我的眼睛。

老家院子中的那棵枣树

在老家的院子里，有一棵雄劲苍老的枣树。从小，在阴凉下玩耍，他悄悄地陪我长大。爱极了五月枣儿的庭院飘香，爱极了满树的红枣压满枝丫。他粗壮的枝干，像巨人的手臂。茂盛的树冠，像极了生命的大伞。他用健壮的臂膀，拥抱着我的家园，撑起手中的巨伞，为我遮风挡雨。

他，看着哥哥们一个个立业成家，他，目送着姐妹们一个个出嫁。目睹了母亲的猝然离逝，默默经受着奶奶的安然离去。经历着人间的悲欢离合，承受着人生的风云变幻。时光荏苒，喜忧参半，转眼就是八十年。

而今，那棵粗大的枣树啊，老了！俨然就是一个威严赫赫的老人。每当看他时，我都心生感慨。每次看他，感觉他就像我的父亲。皮肤不再光滑，黝黑而粗糙，纹路盘曲无序，凹凸不平。身躯上画满的缠缠绕绕的沟沟壑壑，就像生命的年轮，任岁月无情地磨碾与雕琢。

现在，他的背驼了，再也直不起来。脸满是皱纹，再也无法抚平。

他的耳朵失聪了，很多话已经听不清楚。腿脚不是那么灵便了，已经步履蹒跚。

其实，我总是那么的害怕，担心那棵树有一天会突然倒下……自己无法接受他的离去，无法面对没有他的未来！

我知道，我是杞人忧天了。那棵写满沧桑的枣树，依旧巍峨耸立。那些金灿灿的枣花儿，像天上的星星，依然眨着微笑的眼睛。

笑容依旧豁然开朗，生活依旧井然有序。每年枣儿飘香的时候，他依旧将成熟的枣儿平分给孩子们，让我们一一带回家中。

他愿意用自己朴实的人生，带给儿女子孙不尽的美丽与繁华。哪怕一捆韭菜，哪怕几根黄瓜，哪怕一块肉，也愿意倾其所有。

今天，我依然站在这棵高大的枣树下，深深地祈祷……

其实，我们就是他身上的一处处粗壮的枝丫，一片片的嫩绿叶子，一朵朵的金色小花。

第五辑

好好生活好好爱

五月的青春

五月初始，突然想起了那段青春，那段散发着阳光与朝气的大好年华。

五月，仿佛象征着青春，象征着从青涩走向成熟的青春岁月。

每当五月来临的时候，总是想起那一个个熟悉而又生动的青春背影，想起那些肆意玩耍和虚度的光阴；想起那时五月的我们，仿佛突然明白了人生的追求，于是在炎热的五月里，为了学业、为了前程，夜以继日地拼搏与奋斗；想起那个时刻，命悬一线，即将走向人生另一个起点的少男少女们，坚强地面对和接受生命旅程的转折点。即使前途茫茫，可是依然紧握青春的手，不再迷茫。

翻开那些青涩的日记，记载着我多少年轻的足迹啊！多少个日日夜夜，我肆意挥霍自己的青春，又有多少个春夏秋冬，我励志发愤图强。

在我的记忆中，那是一大片人烟稀少的沙地，沙地上一片片的小树林，几乎无人行走的羊肠小道，错落而没有秩序的房屋……突然间，多年前的记忆如流水一样在心底里缓缓舒展开来。

那是当初上学和回家每次都要经过的地方：村庄，街道，小路，沙土地……即使曾经奔波在路上，可是从来没有后悔，从来放弃过追求的脚步。

我仿佛依稀看见，那个环境并不优雅却书香十足令我魂牵梦萦的校园，我眼前依然浮现，那间穿梭着我青春身影的简洁教室。我好像又一次清晰地看到，那个年少轻狂的我，在青青校园里洒下的喜怒哀乐以及这条青春的路上走过的风风雨雨。

还记得当初晚自习过后，所有人都睡下了，我却挑灯夜读席慕蓉的那本《无悔的青春》。至今，还保存着抄写的那些美丽的诗句：在年轻的时候，如果你爱上了一个人，请你一定要温柔地对待他。不管你们相爱的时间有多长或多短，若你们能始终温柔地相待，那么，所有的时刻都将是一种无瑕的美丽……那时候，知道自己不懂爱，但是，懵懂中，觉得爱一个人，好美。将这些话记下来，留给以后的岁月，留给未来自己爱的那个人，在以后慢悠悠的岁月里，安静地读给他听。

还记得，在那个低矮而有些破旧的集体宿舍，那样七八个人睡在一起的木板搭起的一个大炕，每次晚自习回来都要与这几个同伴打闹一番，相互调侃……那些青春的人儿啊，在记忆中永远是当初的青春形象，鲜活生动，历历在目。

想起了伴我一路成长的同桌，与我一同放任无羁的密友，你还记得我俩在书桌下说的窃窃私语吗？你还记得我俩故意与数学老师做的恶作剧吗？你还能想起那个夏季我们心血来潮在服装街的摊位上挨过的蚊子叮咬吗？你还能忆起我们在一间漆黑的教室里熬过的漫漫冬夜吗？想起这些，我那么想说：青春张扬，青春无悔！

还有，我亲爱的老师，您身体还安康吧？你当年矫健的身影依然浮现在我眼前，您绘声绘色的讲述，您耐心生动的讲解依然在我耳边响起。您对我的影响，是我一生感恩不尽的情怀。我知道，您一直在用血燃烧的声音，照亮我的灵魂和笑容。

一晃那么多年过去了，慢慢才知道，有些东西，在一个人的生命里，已经慢慢演变成一段历史。有可能，一首诗，或者当年的一首歌，都会让我们热泪盈眶。

在这个五月，那些草根，在春天里拔节。那些花瓣，在悄悄地修复生命的再生。那些记忆，是最美丽的清香。那些过往，是生命中最靓丽的风景。

有些事，我们可以忘记，有些人，我们可以别离，但有一份情谊，从没有丢弃。

那些牵念，无关风月。未来岁月，天涯各安。

孩子，原来我只是心疼你，却不懂你

> 他在我眼里，在我心里，一直都是一个没有长大的孩子。可是，当我抬头看他成熟自信的脸庞，一脸的镇定自若，那一时刻，我才知道，他的承受能力比我要大得多……
>
> ——题记

一

周末下午，同事约了去足疗，开车在去足疗路上的时候，一个电话打进来。定睛一看，是儿子的班主任打来的。

车靠边停下车，我接了电话。班主任很有礼貌地说：周末下午是自习课，最后一节课孩子没上课，去操场打篮球了。明天来学校一趟吧，在校豆上预约一下……

我很快明白了老师的意思，孩子犯错了，是叫家长。我谦卑地倾听着老师的表述，不时地肯定着老师的判断，忙不迭地答应着老师的邀约。

挂了电话，扭脸对旁边的他说：班主任有请，儿子逃课，明天让去学校一趟。

他居然很坦然地一笑说：去就去吧，高中三年了，没叫过家长，他不这样折腾一回，就不是你儿子了！

他倒挺释然，任何事情在他眼里，就像空中飘来的五个字：那都不是事！

其实，我也没有很生气，从正月初七返校至今还没回家，一个多月了，去看看儿子也好。

二

早上五点起床，洗漱完毕，五点半出发。因为要有三百公里的路程，不近的行程呢。

围着城里转了一圈，这么早，没有一个做好早点的摊位。也罢，上高速，直奔目的地。

车上，播放着歌曲，一首儿子特别爱听的由筷子兄弟演唱的《父亲》传进我的耳朵：

总是向你索取却不曾说谢谢你
直到长大以后才懂得你不容易
每次离开总是装作轻松的样子
微笑着说回去吧转身泪湿眼底
多想和从前一样牵你温暖手掌
可是你不在我身旁托清风捎去安康

时光时光慢些吧不要再让你再变老了
我愿用我一切换你岁月长留
一生要强的爸爸我能为你做些什么
微不足道的关心收下吧

谢谢你做的一切双手撑起我们的家
总是竭尽所有把最好的给我
我是你的骄傲吗还在为我而担心吗
你牵挂的孩子啊长大啦……

听到这首歌，突然间感动了，我在想，父亲在儿子心里可能就有着如此深厚的感情吧，也有着如此深沉的表达，不然，为何总是发现他在周而复始地听着这首歌呢……

我想到了儿子，现在他刚刚十六周岁多一些，一直以来，他的确是我们的骄傲，他很优秀，小学跳级，初中又以优异的成绩考上了省重点高中。他懂事孝顺，从不和父母顶撞冲突，在这个青春期、叛逆期横行的现实社会里，我居然没有感觉出孩子有太大的叛逆，除了有些狂傲，有些张扬，有些主见，有些执着之外，他很平缓很平静地享受并安度着他的青春，为此，我们一直很欣慰也很知足。

我想，今天我们突然到校，对儿子来说肯定是一个非常大的触动。他肯定会内疚，会难过，会心疼爸爸妈妈的不容易，他自己就会知错改错……

此时，突然我的眼里有了泪花，还有 83 天就要高考了，儿子前几天考试没考好，肯定是学习压力太大了，才去操场打球释放压力吧！到了学校，如果我们再恶语相加，指责埋怨，对他打击就太大了吧。

我转头对他说：今天看到儿子，我们不用说得太多，我觉得我们不用说什么，他就能懂，能明白这一切。

他居然马上回应说：是，是，我也是这样想的。儿子也不是不懂事的孩子，他一看到我们，就会有一定的思想压力了。

我们都懂自己的孩子，我们很少批评教育，更多的是引导和谈心，我们没有指责和谩骂，更多的是体贴和原谅，作为孩子，哪有不犯错的呢？

教育孩子，多年来，我们还是统一战线的。

三

三年来，不是第一次步入石家庄二中整洁安静的校园了，每次，基本都是开家长会或者看孩子的名义而来，这是唯一一次以不同的身份和目的到学校。

我也是教师，也做过班主任，今天，我也体验一把被叫家长的滋味。我自嘲地笑了一下，说实话，还真的难以言说！

终于见到了班主任，她把我们带到了接待室。

老师拿着成绩单，说着儿子的最近表现。先是夸奖了儿子一番：他是一个执行力非常强的孩子，只要自己想要做的，就一定竭尽全力去做。他能让自己很多科成绩都是班里第一，他也几次考试总成绩第一名，孩子真的是好孩子……听着老师对儿子的评价，感觉老师还是挺认可孩子的。

之后老师话锋一转，谈起了这次旷课打球的情况。

我随口问老师：他和谁一起打球了？

老师说：张某某，班里的倒数第一名，一会儿家长也到学校。

我"哦"了一声，我并不排斥孩子选择什么样的同伴，这对他对别人来说都是一种公平。任何人都有优点缺点，任何人都有美好和善良，学习不是第一位的。

听完老师的分析，我说：中午的时候，我们和孩子交流交流，相信他以后不敢这样了。

老师居然非常坚定地说：这次你们把孩子带回去几天，让他在家里好好反思反思……

老师可能并不是突然的决定对于我来说却是如雷贯耳，我没有把孩子自习课早退一节课的事情看得有多严重，更何况现在是什么时候啊，还有八十多天就高考了，分秒必争啊，班主任居然想停课……

坐在长椅上，班主任就挨着我身边坐着，我下意识地将身子向后倾了一下。其实，我是不知所措，不知道该说什么好……

我想突然间我的脸色应该很不好看了。我想：孩子，你要被停课了，从小学到高中，你都被老师宠着、爱着、惯着、哄着，而今，这样的处罚，你能接受得了吗？你的骄傲、你的自尊、你的张扬、你的狂傲会不会被这个宣判而碾得粉碎，你的叛逆、你的反抗会不会被这个严厉的惩罚逼迫出来呢？

我觉得我嗓子眼哽咽住了，又一次眼泪要涌出来。

我半天没说话，其实我是在让自己平静冷静。我说：宗老师，我也是教师，体谅您的决定，你要管理整个班，要让学生们知道遵守学校班级制度，但是这样是不是惩罚太大了，我担心孩子会不会接受不了，他会不会产生逆反心理呢？他的学习会不会受影响呢？

没想到宗老师非常坚定地说：不会，他接受得了！学习也不会受影响！

随后老师又说：你们中午好好谈谈吧，我们下午再谈，再做决定。

四

儿子从教室里出来，看到了我和他爸，好像是笑，却又不是很自然地笑着叫了我们一声。

我拍了儿子肩一下，很温和地说了一声：真有你的。

我们从接待室出来，漫走在宽敞的校园小路上。此时，阳光很好，如果不是因为有这样的心情，相信这一定是一幅很温馨的画面。

我看了儿子一会，感觉他没有特别的异样。

问他：你知道我们今天来吗？

他说：班主任说了叫你们来，我以为吓唬我呢。

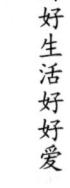

我说：老师说了，让你回家反省，你觉得行吗？

他说：回就回吧。

我说：你的学习会受影响吗？

他说：不会。

我抬头看他很坚定的神态和表情，没有丝毫的胆怯和不自然。一直以为他的心会多么的脆弱，担心他会有多么的难堪，会多么的无法接受……

高中三年我们聚少离多，原来，这三年，他不仅仅从十四岁到十七岁，不仅仅从一米六长到一米八，更主要的是从胆小脆弱到成熟稳重以及他的承受力，都已经完成了一个跨越。

他在我眼里，在我心里，一直都是一个没有长大的孩子，可是，当我抬头看他成熟自信的脸庞，他一脸的镇定自若，那一时刻，我才知道，他的承受能力比我要大得多得多……他认为自己错了，就该接收惩罚吧！

我回手拍了一下自己的头：天哪，我嘞了个去！

原来，最了解他的，是他的老师！

五

中午的时候，我们在学校餐厅吃了一顿便饭。

下午两点十分上课，时间还是挺漫长的。他们老师还有第一节课，肯定要上完课再解决此事了。

宗老师还是挺善解人意的，我晚上还要值班，知道我们路程远，为了解决这件事，她临时把课程调了一下。

老师私下和我说：让孩子停课回家反省真的舍不得，就留在学校停课吧，给他一个教训就可以了。

最后宗老师对儿子说：逃课也逃了，停课也停了，失败过，也辉煌过，开心过，痛苦过，这个高中也算完整了！以后就看你自己的了！

班主任把我们送出接待室后，我下楼回头看时，宗老师把左手放在儿子的肩上，他俩并肩地回到了接待室。那两个背影，触动了我心底最敏感的神经，定格成一个永恒的画面。我更加知道，作为老师，作为班主任，还是很爱自己的学生的。

回来的路上，我感慨地说：我没想到儿子这么镇定啊，你也没想到吧？原来我比他承受能力差呀，我还真的不懂他了！

他泰然自若地说：这只能说明，儿子长大了。

六

写给儿子的话：

孩子，我想，你已经真的长大了，你犯错，我原谅你，但是并不代表我纵容你。谁没有过青春，谁没有过荒诞的故事，谁没有过逃课的历史，谁没有过痛苦的挣扎……所以我们理解你，依然接受你这一切，因为我们相信，你知道自己想要什么？该怎么去做！

青春，是美好的，我不愿意带给你伤痛，更不愿意让你感觉你有一个专治武断没有亲和力的妈妈。

我愿意和你一起走过青春，感受这一路上的青涩与美好；我愿意陪你一起听那首你喜欢的老歌，陪你一起长大；我也愿意和你一起奋斗，完成你想要的梦想。

孩子，我更想告诉你，青春只有一次，怒放的生命，总是要燃烧。

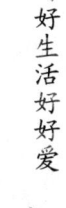

中学时代的日记

今天周末，闲来无事，打开抽屉，忽然发现一个笔记本，情不自禁地拿出来翻阅，却发现是自己上初中时的日记本。到现在已经二十多年了。我打开，第一篇是开学第一天的日记，现在拿出来与大家分享，感觉很有意思。

9月1日，星期五，晴

今天是开学的第一天，一天的学生生活下来，感觉不是很轻松，回想起白天新识的每位老师，在这个恬静的夜晚，依然栩栩如生。

第一个进来的据说是担任班主任兼数学课程的李老师，男，三十岁的样子，个子适中，穿着简洁干净。也许他很想留给同学一个深刻的印象吧，自我介绍时说自己到今天年龄是 29.75 岁，他有些严肃，讲课也很有特征，说的每句话最后两个字都是重音，很重很重的，似是寻找抑扬顿挫吧！说这个数是"什么"总是把"什么"说成"神马。"并且两个字之间会拉很长的一段距离。也许，他真的希望自己是一匹神马，带着我们在知识的海洋里尽情驰骋吧！

其次进来的高高个子的便是物理老师了，他可半分的严肃样子都没有，对我们总是谈笑风生。他说话时把自己称作"鄙人"，把"凹镜"说成"妖镜"，把"机械"念成"机借"当我们为这些不正确的发音而开心笑的时候，他说这是物理，跟语文没有多大关系。物理老师很亲切，好像大家都喜欢上他的课，感觉上他的课很放松，能在快乐中学习。这位老师还有一个口头禅，就是每讲完一个问题，或者说完一段话时，他总说一个字"得"，"得"……

语文老师更是生动有趣，讲课喜欢打手势，说飞就做飞的样子，说跑就做跑的示范。讲课爱打比方，形象生动。更有趣的，他有时说起话来悄悄的，像与我们说什么悄悄话，怕外人听到似的。有时说话又很清晰明朗，让我们感觉他真的像是一位表演艺术家。

最后进来的是政治老师，操着一口标准的普通话，胖而且高，她说话很有底气，讲课声音大而且快。说"我国从20世纪50年代生产资料私有制改造基本完成到下世纪中叶社会主义现代化基本实现"一口气说到底，嘿嘿，竟然不喘一口气，令人惊奇！

月亮升起来了，我的脑子里还在回味着这一个个生动的形象，初中生活是这样的乐趣无穷，初中生活又是如此的丰富多彩！再加上这一位位可爱而又可亲的与众不同的老师，生活显得何等充实！

后记：虽然这么多年过去了，但是，这些老师们，在我的心里，依然当初。由于一些客观原因，与中学时代的各位老师相见的机会很少。可是，对教育我成长、教会我知识、教会我做人的老师们的感恩之情，永远铭记于心。

梨花情

清晨，打开音乐，偶尔听到一首火雅的《梨花情》，这个伤感的曲调和火雅沧桑的声音蓦然间触动了我隐藏在心底那根久未触动的弦，也就在这一瞬间，思绪穿越了往昔的记忆，丰盈着心灵深处的每根神经。过往像精雕细琢在亚麻布上的一幅油画，又一次真实地呈现在我眼前……

那片花海，一幅梨花胜雪、洁如初生的画面，那一树一树的白，清秀娇美。

那一瓣一瓣的纯，高贵优雅，像一个温婉绝尘的女子，衣袂飘飘，娟秀玲珑。

那年，梨花盛开时，你问我为何如此喜爱梨花？我说因为它洁白、淡雅、清香，因为它圣洁、晶莹，尤其雨后梨花，暗香雪白，暖笑使然。

后来，你写给我这样一段文字：

我想和你一起漫步梨花树下，让无瑕的洁白浸染灵魂；想和你一起感受一种芳香，让满园的花香溢满心扉；想和你一起捡起一瓣记忆，让飘落的梨花瓣扫去心中的尘埃……

在那一时刻，你美好的期待，在我心里，婉转成诗成画。我深深地记下了这份浪漫的约定。这个约定，成了你我生命里最绚丽的梦想。

尽管我走过江南塞北，赏过了大漠胡杨。而那一片梨花胜雪的优雅，那一树澄澈无瑕的圣洁，那一抹沁人心脾的芳香，胜过了我走过千山万水的风景。

然而，此去经年，多少个年头过去了，那个约定居然渲染成我酣睡的梦，醉意朦胧却遥不可及。而你，也从来没有和我一起漫步梨花树下……

岁月匆匆，我将这份心事锁在了心灵深处鲜为人知的角落，成为魂牵梦萦的期待，不敢去碰触，害怕一个不小心碰触到心底最深的那根弦。从来不敢去抚摸，怕不经意的抚摸到那随着时光渐远却越来越深刻的回忆。

而今，独自一人步入梨花园。

好久了，不曾来过这里，因为我知道，这已经成为我生命中最美的记忆。你知道吗？在那么多的日子里，我把你的身影写意在美丽的诗词里，让这梨花带雨的情思，感受四月清新的气息。我把你的情意写成诗，送给黄昏。我把我的执着绘成画，送给白云。在季节深处，我一次次看到一朵含泪的梨花蕊包裹着葱茏的叮咛，在岁月的枝头不停地摇晃着晶莹，那一尘不染的透明，诉说着表里如一的玉洁冰清。

你知道吗？我一直在寻找玉树临风的你，我把你装在白雪一样的云朵里，遥望云舒云展。我用花瓣镶一笺锦书，寄到与你相识的开始。在开满梨花的树边，用歌声酿成酒，把无边的岁月，一点点饮进……

岁月，请赐我"温暖"两个字，我要把你藏在怀里，酝酿成绝句。

《梨花情》的歌声再次响起，今天，这份回忆，已经是第三次拾起，第三次放下……

孩子，我多么害怕你早恋

> 我没有权利安排孩子的未来，我只要在他未来路上，是一个能够温暖他的人，就足够了。
>
> ——题记

孩子升入高中，作为家长，最担心的问题，莫过于孩子早恋了。而这种情况好像又由不得我们家长决定，孩子总是要长大，他们的思想和心理不是我们所能把控和完全了解的。我们只能通过一些观察和聊天来了解一些他们的情况。

孩子在高中阶段，我关注他的学习的时候并不多，我往往关注的是他的思想动态。特别是他在感情这方面，我还是很细致入微的。因为，在高中阶段，我是多么害怕他早恋啊！

一

一直以来他的网名叫 $r=a(1-\sin\theta)$，对于我来说，这个公式好深奥哦。

我问儿子为什么叫这个名字？他说这是心形函数，是法国笛卡尔的第十三封情书。

刹那间，我心里嘀咕，儿子是不是谈恋爱了呀！

于是，我迫不及待地去百度搜心形函数的历史，居然是一段感人的爱情传奇。

从此，我更加关注他的一举一动，特别是他的 QQ，他和我是 QQ 好友，我很关心他的更新。

那一天，我发现，他有一个说说，是这样说的：爱就像小鹿的推进，离得越远，思念就越强烈。

周六，儿子回家了，晚上，我俩坐在沙发上，他看电视，我装作心不在焉地问：嗨，雨轩，我说，你是不是爱上了谁呀？

他说：什么呀？

我说：你地说说哦。

他说：不是啊，那是游戏语言哦。

于是我躲到卧室里百度搜索，"爱就像小鹿的推进，离得越远，思念就越强烈。"的确是 dotaer 语言。

说实话，为了懂他的语言，我又去百度了。原来，这里说的依然是 dotaer 游戏专业术语。

我有些如释重负，心想：他的内心世界里，除了游戏，依然清澈如水啊！

二

这两年，儿子没有出现情感问题，我还是很欣慰的。心里暗自祈祷他能平安度过青春期的高中阶段。

一晃，儿子已经读高三了，从小到大，我对他是放心的。

我们的家庭是温暖的，和谐的，从来没有争吵，没有呵斥，没有说脏话的人。我想，家庭给孩子一个温馨宽松的感受，对他的成长也是一种安宁与快乐吧！

高三是冲刺的阶段，也是人生中的转折点。我更加担心儿子会不会发生早恋，但是担心只是担心，我根本不知道他的思想和心理，如果他不主动说自己的情况，谁又能了解呢？即使有了早恋，又有谁愿意和家长吐露心声呢？

有次，高三下学期的时候，孩子回家了。孩子一个月回来一回，我，儿子还有爱人三个人坐在沙发上看电视，因为儿子长期在外地学习，要说对他的情况知道得也不是很多。我想了解一下儿子现在的思想状态是不是稳定。特别是处在青春期的孩子，孩子早恋，用情至深的孩子如果处理不好的话，成绩受影响不说，就连高考那也就别提了。

我看着儿子，说实话，他在我心里一直是思想很单纯的孩子，除了游戏，可能也没有其他的心思。但是，我还是想确认一下。

我微笑着说：儿子，有没有交女朋友啊？说完这句话我就觉得自己有些太唐突了，即使孩子有，也不会直接告诉我答案的啊。

他连忙说：没有没有。

我说：其实现在你们处在这个年龄阶段，对异性有好感也完全是正常的，谁没有从那个年龄段度过啊。

他说：嗯嗯。他这个回答让我丈二和尚摸不着头脑。他是在肯定我的观点的呢？还是在说明自己的情况呢？

我装作非常镇定，那么淡定地问：有好感的同学啊？

他回答是：嗯。

他的一个字，当时我的心啊，百感交集。这是什么时候啊，还有三四个月就要高考了啊，在这个关键的时刻，他居然出了这样敏感的问题，让我该如何是好啊？但是，这又是实实在在非常现实的问题。

我该怎么办？我该如何面对这样的现实？从来没有想到，没有遇到过这样的问题，更没有这方面的教育经验，原来，任何事情的发生都是始料不及的。

我清了清嗓子，其实我在考虑该怎么和儿子说。在那简短而仓促的一瞬间，我告诉自己要冷静，不能把孩子完全否定，更不能一棒子打死。家长不明智的举动，也许会挫伤他的自尊，给他的人生带来阴影，父母的判断和裁决也许会影响他的一生。

我没有表明自己的立场和态度，没有说他的行为是正确，还是不正确，而是笑着说：儿子，你有她的照片吗？让我们看看呗？

儿子说：我找找啊。于是拿起我的手机登陆他的 QQ，找到了照片指给我们看。

说实话，我只是好奇，并没有太想知道女孩子的情况，我只是为这件事给自己更多的时间考虑如何处理。

儿子又一句话让我倒吸一口凉气，他说：现在我们俩在同一桌。

我多想用手捧住自己的头，倒吸一口凉气，说一声：我的妈呀！

也多想坚定地摇摇头，对儿子说：不可以啊！

可是我什么都没说，虽然我和儿子不是对立立场，更不是想分出输赢成败的结局的那种，但是我要思考如何在不伤害他的情况下，让他懂得一份责任，如何把握命运。我清楚，我的心理、观点、思想以及表达方式会影响他对人生的看法。所以我不敢贸然说辞，也没有苦口婆心地劝说。

只是轻轻地一笑，对儿子说：儿子，你长大了！

在教育问题上，爱人一般都是尊重我的态度和意见。大多数情况下，他在中间都是和稀泥的。

我们继续拉家常，没有再提起谈恋爱这件事情。

三

有些事情，不会因为你害怕发生，就不发生，也不会因为你拒绝出现，就不会出现。

我还是很感谢我的孩子的，现在，几个这样的家庭，孩子十七岁了，正值豆蔻年华，正是年少轻狂！他却可以坐在沙发上，父母安静地坐在他两边，与他倾心交谈。谈他的志愿，谈他的梦想，谈他的未来！

有几个这样的家庭？孩子花季一样的年华里，一家三口围坐一团，他平静而开心地告诉自己的父母，他对班里某个女孩子有了好感，并且开心地让自己的父母看那个女孩的照片。

我想，他没有错，他只是处在这个年龄阶段最正常的心理与行为吧！

所以，我还是很欣慰，我有这样一个性格温和处事波澜不惊阳光四射的孩子。我也很庆幸，我有这样一个能把父母当知心朋友对待的儿子。

我采取的态度是淡化，不是如临大敌、惊恐万分。虽然自从孩子升入高中我一直担心害怕这种情况的发生，但是发生了，就要理性地面对。过度紧张、排斥、发火也许都不能解决问题，相反，处于青春期叛逆期的孩子，你去否定，反而会把他向前推了一把。

我没有训斥，没有指责，我没有理由不接受自己孩子的青春期、懵懂期，我没有理由拒绝他长大。

我深深知道，拒绝与接受都一样，但是结果会不同。

试想，谁没有过青春？谁没有过花季？谁没有系一串串美好的相思，挂在写满青春无悔的树上，谁没有一件件美丽的心事，遥挂在一望无际的星河，欲说还休！

青春，是美好的，我不愿意带给他伤痛，更不愿意让自己不理性的行为影响孩子的发展，对他造成巨大的心理压力。

其实，他的一切作为都是正常的，我们更应该有一个正常的心态来面对。

我给他的首先就是信任！其次，就是激励！

在他第二天返校之前，我把他叫到卧室，说了一句心里话，我说：儿子，再多的话我不想说了，这个时期，你要分清轻重缓急，我们相信你能处理好！

要让女孩子崇拜咱，咱就要更加优秀！

他笑着回答：我知道！

这件事就这样过去了。

四

他返回学校，报了一个平安，除此之外，像往常一样，我没有和他更多地联系，甚至没有打过一个电话表示担心与牵挂，除了学习之外的任何压力，我都不想额外施加给他。我觉得，对孩子来说，放养比圈养更有出息和能力吧。

我甚至没有将这个情况告诉他的班主任，我觉得，孩子对我的一份信任难能可贵。我不想节外生枝，弄得满城风雨，可能他压力更大。

给他一份平静，他就会拥有一片平静的天空！

我对爱人说：其实没有多少孩子，自己有了有好感的异性，跟父母说的。

爱人说：是啊，所以，你就幸福吧！

每个家庭情况不同，每个父母性格不同，每个孩子个性不一样，但是，他们有一点是相同，你对他给予了多少信任，他就给你多少信任，你付出了什么方式的爱，就会有什么方式的爱回报……

我们爱他，首先就要懂得尊重他，尊重他的思想和行为。

一晃三年的高中生活已经接近尾声，他从一个一米六五的十四岁单纯男孩已经长成一米八的十七岁的大男生，看他的时候，我需要仰视。

孩子大了，我们不能左右他们的思想，更不能代替他们的选择，我们唯一能做的，就是默默地陪伴，真心地尊重。

我没有权利安排他的未来，我只要在他未来的路上，做一个能够温暖他的人，就足够了。

五

距离高考还有一个多月的时候，他的成绩出现了严重的滑坡。

再后来，他和女孩子不是同桌了，再后来，他发奋图强，起早贪黑。（这是高考后孩子跟我说的）

高考结束，他考了627分，考上了天津的中国民航大学（中欧航空工程师专业），成绩是很不错的，大学和专业也是比较理想。但是我深深明白这个分数，他付出了什么样的代价。

可想而知，他在那短短两个月里，经历了人生怎样重大的变化和抉择，生命经受了怎样的纠结和痛苦、煎熬和挫折，做母亲的，想想就心疼。但是，也正是这些经历，让他有了胆识和魄力，懂得人生的意义和价值。也正是因为经历了这些，让他更加坚强，也真正长大成熟了。

其实这样也好，早早晚晚终有一天他会明白，人生就是这样，有得到，有失去；有美好，也有遗憾。

我没有探寻过他的隐私，我是怕触及他的伤痛。我没有再问过他的同桌，作为母亲，心里对孩子有一份懂得和尊重就够了，相信他心里也一定会明白和感知。

青春无悔，哪怕是荒芜和虚度，也是一份弥足珍贵的回忆，更何况那是一份宝贵的相遇呢！

孩子，经历过，就好！

栀子花开

栀子花开，每次听到这首歌，就想到青春，想到即将毕业的高考学子们。

而今，热烈而激情的六月如约而至，又迎来了一年一度的毕业季。

六月，就像你们阳光而炽热的大好年华一样，充满着神秘与热情。在这弯弯曲曲的青春小路上，镌刻着你们一生无悔的清纯与美好，留下了今生无法忘怀的回忆。

青春是一朵羞涩而娇美的花儿，不是每一朵花都能结出丰硕的果实，却每一朵花绽放着淡淡的香气，永远香甜。

青春的花朵不是惊天动地，青春的香气不是惊世骇俗，但是，她却生长在心里最柔软的地方，在生命里，常开不败。

那一年，你学会了第一个拼音，学会了第一个数字，那时，你五岁半，上了幼儿园。

那一年，你背上了崭新的书包，欢天喜地走进了学校的大门，那时，你七岁，上了一年级。

后来，升入初中，再后来，读了高中，我一直把你当孩子，可是，你却在不知不觉中已经长大。

你读过的那些书，你看过的那些故事，你走过的每一步，你每一次跌倒重新爬起来的坚强，都是你生命里无法言说的精髓与感动。

这一路上，每一次感动，都热血澎湃，每一次微笑，都笑靥如花。

这一路上，你曾经有过迷茫，有过失望，有过欢乐，有过彷徨，有过任性，有过乖张……

这一路上，你成功过，失败过，开心过，痛苦过，奋斗过，也拼搏过……

这一路上的点点滴滴，都将载入你生命的史册，成为你人生路上最美丽最刻骨铭心的辉煌。

　　想想十二年的拼搏与奋斗，心里对你们充满了至爱与心疼。想想学子们求学路上的漫漫征程，明白你们走到今天是多么的艰辛与不易。

　　"寒窗苦读十二载，素琴轻弹三两声。"多少个日子，你们挥汗如雨，多少个晨晨昏昏，你们夜以继日。面对竞争，你们没有懈怠，面对未来，你们依然满怀信心！

　　宝剑锋从磨砺出，梅花香自苦寒来。而今，十年寒窗，相信你们终于可以对自己、对未来、对明天交出一份满意的答卷。

一封家书

——写给我的孩子

孩子：

  我的孩子，其实我早就想给你写这封信了，许是因为现在的电子信息技术太快，许是由于一些客观原因所致，这封信还是成了迟到的来信。

  还好，幸而能在你花样年华里留下这段温馨的文字，能在万人瞩目的成人礼上送上我最贴心的祝福，我还是很感动的。没有错过佳期，没有留下遗憾，对于我来说就是一个完美的结果。我们能在这样盛大的场面里相逢，能在这个特定的场合用一种特殊的方式进行心与心的沟通，来表达我以及你父亲对你毫无保留的爱，我的眼睛还是湿润了……

  孩子，我想告诉你，原来，父母对孩子的爱和情意，是无法用语言表达的。以后等你身为人父的时候，你会深刻地体会到的。

  今天，这个日子，我还是为你特别高兴的，从今天开始，你已经长大成人了。虽然你还不到十七周岁，但是，你已经高中毕业了，不久的将来，你就会步入大学的殿堂。这是人生一个重要的里程碑，我想此刻的你，也一定是坚定、独立而自豪的，同时，我也为你无悔的青春、为你健康的成长而高呼万岁！

  我想你一定也期待着自己长大成人，这一时刻一定也会成为你神圣庄严而刻骨铭心的美好回忆。

  你的青春，你的足迹，你高中生活的点点滴滴，将永远会成为你一生的光荣。

  在这个特别的日子，开心的同时，我还是想和你说一些嘱咐和忠告。我希望你看后记得，更希望你一生都记得。

孩子，我第一个要说的，你要孝顺。我一直认为，一个人的高尚与否，第一个是看他有没有孝心，而不是有多高的才智。如果一个人连父母和亲人都不敬，那他还能对谁好呢？谁还能交下这个人呢？你一直是一个懂事的孩子，也尊老爱幼。我希望你将来，首先不要忘记的是你的奶奶，她从你一周就看着你长大，对你付出了很多心血。从上学前班，你奶奶就骑着三轮车每天接送你上学，无论春夏秋冬，任劳任怨。一直到你上四年级。每天很早起来为你做早饭，你从来没有在外面吃过，一直到你初中毕业。你的学习习惯和生活习惯大部分都是在爷爷奶奶的教育下形成的，你现在的优秀，离不开爷爷奶奶的家教。其次你要记得孝顺的就是你的爸爸，都说父爱如山，长这么大，他没打过你，没有骂过你，甚至都没有过大声责备和埋怨过你。他一直是你的慈父，也是值得你尊敬的人，我想他对你的爱，纯净而博大，厚重而深沉。此时无声胜有声，其实，我对你父亲的尊敬，也不亚于你！

我想说第二点，孩子，以后你就要上大学了，继而要读研或者参加工作，在人生道路上，我想告诉你，对别人要真诚。虽然当今这个社会很复杂，很多现实生活颠覆了人们的是非观念，但是我还是要教育你真心待人。就如现在社会焦点"扶还是不扶"的问题，有多少人怕了，有多少人教育孩子不要管，但是孩子，我教育你，还是要扶，这个社会，还是需要善良和正义，我深信，哪怕星星之火，还是可以燎原。如果将来你扶错了，遇到了碰瓷的，我们可以拍着胸脯说：费用爸妈帮你出！

我们这个社会，需要扶。

我们相信，邪不压正！

做一个正直的人，心会坦荡，做一个有爱心的人，会散发正义的光芒。

第三，我想跟你说，等你大学毕业，无论你读研不读研，无论你立业不立业，我们都不会再供养你。到时候你要学会自力更生，先不说你的父母没有多大的经济能力和物质支持，就是有，也是屈指可数的。父母即使有千万留给儿女，如果是一个不争气的孩子，也经不住挥霍。我希望你通过自己的能力和双手，创造人生的辉煌，那才是无形的价值。正是因为我们相信你有这个潜力和魄力，所以，我们才会放手让你一搏！今后无论你是贫穷还是富有，不管你是开面包车还是劳斯莱斯，都是你自己的道路。

我一直不欣赏那些"啃老族"，而拥有了勤奋、努力、自强、独立的品格，才是拥有了人生最大的财富。

习惯决定命运，细节决定成败。望你切记！

还有，孩子，以后，希望你用你的眼睛看这个世界，不要用你的耳朵听这个世界，用你的心感受世间的美好。你可以付出，但是不是所有的付出一定有回报，所以，你都要有心理准备。

学会微笑，任何情况下微笑着泰然处之，发生任何事情都微笑着面对，微笑，会成为你人生道路上的一道风景。

学会原谅伤害你的人，宽容是一种美德，会让自己变得开朗豁达，魅力阳光。

学会担当，一个出现问题就为自己找借口开脱的人，是不值得人尊重的。

不要吝啬金钱，不要吝啬并不是允许你挥霍，大方慷慨的男人，是让人欣赏的。

有时间多去旅游，用心感受美丽的风景，开拓你的视野。珍惜时光，珍惜生命，珍惜爱你和值得你珍惜的人。

我曾经让你看过马云给儿子的九段话，每段话，都蕴含着人生哲理。其实那些话，也是我要对你说的。我在手机里一直收藏着这篇文章，以后，我会发给你，你继续收藏。

想了半天在这个特别的日子送你什么礼物，我和你爸爸为你选了一双鞋子，千里之行始于足下，希望你脚踏实地地走好每一步。

我们深知你身上已经拥有很多优秀的品格：善良，阳光，无私，坚韧，努力，做事有力度，执行力强，拥有一颗善良的公德心。这些品质，将使你获益终身，你一定要传承下去。

今日，我可以清楚地感觉到，将来你的孩子也一定会很优秀。

孩子，这封信就写到这吧，也算是我的一份心意吧！妈妈有说得不到之处，请你谅解啊！

妈妈

2016 年 3 月 25 日

那一年，是 1997

那一年，1997 年，是我们的毕业季。那一年，我们正值青春年华。

还记得，那个夏天，分别时，我们哭肿了双眼。无奈下，我们又匆匆一别，而后各奔前程。

那时，我想，再过十年，我们重逢，该是多么惊喜。想想十年，该是多么漫长。

没想到，弹指之间，一晃就是二十年。二十年的风雨人生啊，让我们忽然想重温青春的梦……

曾经，我们怀着共同的梦想走到一起。共同走过了人生中最为美好的时光。

那一路上，我们哭过，我们笑过，我们迷茫过，也追求过。

那一路上，我们疯过，我们闹过，我们开心过，也失落过。

那一条从宿舍通往教室的柏油路啊，留下了我们多少青春足迹！

那一住就是三年的学生宿舍啊，镌刻着我们多少斑驳的回忆！

那间教室，那个宿舍，那个操场，那条涌路，而今，它，依然还在吗？

还记得，我们的老班，一个娴熟温婉的女子。她总是带着淡淡的微笑，无论我们怎么调皮，她都是那么温暖。

还记得，每次考试之前，我们都要夜以继日地看书。

还记得，每天放学，我们都要跑着去食堂窗口排队买饭。

还记得，每年一季的运动会，我们还要高喊着口号，走正步，齐步走，向前看……

还记得，篮球场上你的飒爽英姿，还记得，乒乓球台前你的青春足迹。

还记得，我们新年一起包饺子，演节目，那么欢天喜地！而今，多少年后想起，依然是那么欣喜。

我不知道你是不是忘了那个约定？我说：十年时，我们两个人要比一比乒乓球技。

可是，十年佳期，因为忙碌，我们失了约。

你可能不知道，我一直想告诉你，这个约定，我惦记了二十年，从来没有忘记。

因此，终于知道，有些记忆，铭刻在心里，从来不会随着时间的流逝而远去。

而今，在我的印象里，你，依然是当年那个年轻而单纯的你。

在我心里，你依然是当初那个爱说爱笑青春洋溢的少男少女。

二十年的光阴，将那短暂的三年时光凝聚成了一个缩影。它像一个短片，虽然只是我们人生的一小段生命历程，它却是我们的生命里涌动不息的一股清泉，也是黑夜里一直闪烁的星星。

三年的短暂时光，却让我们拥有了生命里最为纯粹的友情。三年情意，却是我们今生念念不忘的温暖。

永生不忘，那一年，属于我们的 1997。

相约一段斑驳青春时光

  那些过去,那些曾经,终成为从未盛开过的花朵,你我在马拉松的青春跑道上安静谢幕,以为一生长青的情感,在阡陌流年的时光里逐渐尘封……
——题记

  在人群里,一眼就认出了他,虽然与他隔着遥远的距离。
  从来没有想到,与他的再次重逢,是在 20 年后。
  他笑了,她也笑了,彼此寒暄,谈笑自如,谁都从没有提及过去。他们表现得很坦然自若,但是,好像彼此不敢对视彼此的眼睛。
  是胆怯吗?还是时隔多年,相互之间多了一些陌生?好像都不是,好像还是当年的未语还羞。
  二十年的光阴哦,仿佛就在弹指之间。那点点滴滴的懵懵懂懂的心事,粘在了青春的睫毛上,回眸时,依然感慨万千。
  该用怎样的感受重温一次初相遇,只记得朦朦胧胧情思,藏在玲珑剔透的心房里,二十年不曾与他人言说。
  那是一段青涩、单纯、美丽、朦胧的年华。是他,在她青春的记忆里雕刻下了深深浅浅的足迹;是他,用一幅青春的画卷丰盈了她生命的旅程。回眸时,尽管各有归宿,但那一段美好的往事,一直是她岁月长河里一道永远闪光的风景。
  她和他是同窗,中学毕业那年,也就是在那一年的春天,青春里有一种莫名的心动在血脉里萌动苏醒。那应该是十六岁花季的年龄,好像忽然对他突发了一种好感。开始注意他,每次他走进教室,她都不敢抬头看他,但是当他从她身边走过的时候,她却会低着头悄悄看他的脚步慢慢走到自己的座位。那时,他一手洒脱硬气的钢笔字和粉笔字让她钦佩。在后面板报上刊登她的诗文,是他亲笔写的,她都会默默欣喜,感觉自己的文字被他看重很是欢喜。

毕业那年,是一个炎热的六月,她斗胆首先提笔给他写了一封信,其实信的内容很简单,单纯得没有一句表达爱慕的意思。他收到信后,马上给她回信了。她很兴奋,从字里行间她也能读出他对她的一份欣赏和倾慕。她非常喜欢他写的字,喜欢阅读他流畅的话语,喜欢这份干干净净的信笺。还记得当时他俩每次在信的结束时,都签上一句名人古句"但愿人长久,千里共婵娟。"

炎炎的夏季并没有让两颗心感到丝毫的疲倦,蓬勃的朝气与爱慕在彼此心迹里心照不宣。

那一年的整个暑假,她都在写信,盼信,回信,是那些殷殷地期待与友好回报给了她无数的遐思,驿动的青春啊,在那个年代,别样的花絮在心底悄然盛开。

相互倾慕与期待,用来形容他们在这段年少无羁年华里结出的美好感情最为合适了。从那一年起,乃至过了好几年,他们都将这份情感藏在心里,从没有间断书信往来,也从没有一语说破真正的喜欢。在那份记忆里,没有山盟海誓,没有澎湃汹涌,没有伤害与忧伤,没有哭泣与伤痛,好像一路上都是平静的湖光山色与云淡风轻的奇葩风景。

多年以后,才清楚,那时候的自己,是青春期的一种隐约朦胧的心境。原来,那是对异性的一种好感吧!

但是,两人相处好几年,没有几次见面,没有过牵彼此的手,没有过触动心灵的彼此对视,遥想当年,两个人最近距离的接触,就是她曾经有一次坐在他的自行车后面,说了一些羞涩而腼腆的言不由衷的话。现在想起来,真的感觉很单纯而又好笑。

也许,那是一份成长,是一段长大的经历,不该发生的从没有发生。

当长大之后,疏离,好像是青春萌动时最为美丽的结局。从没有开始,也就说不上结束。所以,当一份情感化为句号的时候,一切,都注定成为多年后一份最美的回忆。

他不甘心所有的篇章都不成诗句,不甘心所有的等待都成虚空,不甘心所有的心曲都成过去,不甘心所有的美丽都不成记忆……他没有责问,没有气愤,他知道在这份清澈的感情里,没有输赢。他考虑了三天,给她写了最后一封信。

她收到时，翻阅了半天，却发现里面有三张白纸，除此之外，还有一张叙述了柏拉图讲述的爱情故事的信纸，故事是这样描述的：

"据说，有一天，柏拉图问老师苏格拉底什么是爱情？老师就让他先到麦田里去，摘一棵全麦田里最大最金黄的麦穗来，其间只能摘一次，并且只可向前走，不能回头。柏拉图于是按照老师说的去做了。结果他两手空空走出了田地。老师问他为什么摘不到？他说：因为只能摘一次，又不能走回头路，其间即使见到最大最金黄的，因为不知前面是否有更好的，所以没有摘；走到前面时，又发现总不及之前见到的好，原来最大最金黄的麦穗早已错过了。于是我什么也没摘。老师说：这就是爱情。"

当时，她不知道这个经典故事里那个摘麦穗的人是在说她，还是在形容他自己。她无从考究，也不想再追问。他们的分手，他没有挽留，也没有说再见，没有说句安好，没有道声珍重，没有痛不欲生的生死别离，没有悲天悯人的无限感慨，仿佛就是在青春转弯的时候，彼此不经意的转身了，于是彼此向不同的方向行走。

而今，一晃多年，没想到在一个特定的场合与他重逢，才知道什么是流光辗转，物是人非。

什么才是美丽？将一份美丽的情感装在圣洁的心里，依然彼此倾慕，不去言说，才是保存着二十年前的年轻与浪漫。千言万语，留在心里吧！所有的想明白却一直不曾明白的话语，依然让它随风而去吧！

她想：让我把这抹淡淡的情思，献给彼此纪念的逝水年华吧！再过二十年，只要有你在，我心依然年轻！

发小的情意

　　我和她是发小，她叫张贵玲，从小学到初中都在一个班。上小学的时候，她就是一个厉害的小人，那时候谁要是惹着她了，她就斜眼翻着别人，黑眼珠很少，白眼珠特多，而且眼珠一动不动，可以翻半个小时不走样儿。

　　上中学的时候，因为她聪明，所以数学老师一般还是都很喜欢她的。我俩在一个班，我虽然是数学课代表，但是我也很不听话，我们经常恶作剧，在数学作业本上写上老师的名字，上课跟他顶撞……没少给数学老师出难题，还好数学老师很豁达与包容，从来没有跟我们计较过。而今我与数学老师同住在一个小城，现在也身为教师的我，偶尔也会与老师见面，每次看到数学老师，总是怀有深深敬意和愧疚地和老师问个好，却从来不好意思提起当年的往事。

　　我俩同一个村，家离得也不远，她是我们家的常客，我也是他们家的座上宾，我们几乎每天长在一起，没事不是她去我家，就是我去她家，有时候晚上干脆不回家了，就挤在一间小屋子里留宿。我们家里人都很喜欢她，她大大咧咧，爱开玩笑，从来不恼，所以爸妈哥哥姐姐们都爱和她闹着玩。我去她家就不一样了，也许因为乡亲辈分的关系，也许因为性格不同，除了她，她的爸爸妈妈一家人都跟我有板有眼一本正经地说话，从不开玩笑的。

　　初中毕业那年，暑假我俩闲得没事，其实应该是家里条件也不是很好，想自己挣点零花钱吧，我俩居然心血来潮一起做起了刺绣。在同一个固定好的刺绣板上，我俩面对面席地而坐，手边各有一个绘制的图案，我俩按着图案一针一针得穿针引线，缝缝补补好多天，最后终于把四个鲜艳秀丽的牡丹花按时完工。当我俩骑着自行车去几十里外县城的外贸公司交货时，那个女的验货员用刀子咔咔把我俩那么多天的心血砍掉了两朵，只有三个字甩给我俩：不合格！

结果，本应该四个牡丹的钱，最后给了我俩两个牡丹的钱。我当时倒还是挺淡定，可她快气疯了，至今我还记得她说的那句话：妈的，将来老子非要考上外贸学校，当总经理，治死他们！后来我俩均分了两个牡丹刺绣的钱，好像也就有十几块钱吧。

　　她没有当上外贸公司的总经理，却做了一名护士，我做了教师。而今，外贸公司早就解散了，她家的那间小屋子也不在了，可是那些记忆依然还在。这些记忆，就像时光深处的波纹，在阳光的照射下，闪着晶莹的光芒。即使经过了这么多年，依然记忆犹新。

　　俗话说江山易改，禀性难移，长大之后，她依旧是一个泼辣的女子。她的个子不高，但是人很精神，每次看到她，她都是干净利落潇潇洒洒的。感觉她就很像王熙凤，到哪里都是未见其人，先闻其声。当然她也有王熙凤的头脑，精明强干，伶牙俐齿。唯一一点和王熙凤不同的是她有一颗善良可爱的心。

　　她对我们身边熟悉的人，嬉笑怒骂是她的家常便饭。我们都习惯了她的脾气秉性，也深知她是一个骂在嘴上、疼在心上的人。所以被她骂着，心里却是美滋滋的。

　　她骂我的时候也不少，我从来不与她争，也不回应。因我知道她才是真正的打是疼骂是爱的那一种，她如果不在乎谁，才不会骂呢。

　　我俩说话毫不忌讳，有时也开荤段子，满嘴黄话，大多数时候我说不过她，只有听的份。但是她的那些荤段子呼之即来挥之即去啊，让人听得心花怒放，不笑得肚子痛才怪。和她在一起，她就是一个开心果，如果不笑，肯定是不正常呢！

　　同学聚会的时候，她就是主角，我请客她也会反客为主。男女同学都喜欢她，她说话畅快无羁，给人轻松，给人带来一种阳光和快乐。

　　她说：妈的，很多男同学都喜欢你，老师也都喜欢你，你不就是长得俊嘛！

　　我说：现在世道变了，人的口味也变了，都喜欢口味重的了，所以都喜欢你了！

　　她哈哈大笑，不置可否，我说的是实话，当然，我更希望她开心快乐！

　　一晃这么多年过去了，因为不在同一个县城，我们也不是经常见面，但是我们无论多长时间不见面，每次见到时，还是和小时候一样的感觉。

　　有一天她酒喝多了，给我打电话，说：我喝多了，想起了你，我想起我们的那些往事了。我酒喝多的时候想起你，你明白的……

我明白,也很感动,一个人在酒后能想起的那个人,一定是她生命里重要的人。

我们就像姐妹,有亲情,更是知己,不疏离。有些话不需要更多的赞美与解释,因为情意,都在心里。

那些草根,在春天里拔节;那些花瓣,在悄悄地修复生命的再生;那些记忆,那些过往,是生命中最美丽的风景。

好好生活,好好爱

在我们人生的路上,会遇到很多人、亲人、家人、爱人、朋友,老师、同学、同事,还有我们认识却与自己生活轨迹毫不相关的人。这些人,是我们这一生应该好好珍惜的人,因为是他们,给了我们亲情,友情和爱情,还有世上的善良和真情。这些情意,温暖着时光,温暖着我们的生命旅程。

这一路上,我们看过很多风景,走过很多路,无论是美好还是丑恶,不管是温情还是伤痛,我们都不应该怨恨,不应该绝望,因为,正是因为有了这些酸甜苦辣,正是因为我们一路风雨兼程,我们才一路成长,边走边唱,且歌且行。

无论你是少年、青年、中年、老年,都不要抱怨生活,埋怨生活。这个世界是公平的,生活给予我们每个人的人生都不是一帆风顺。不要羡慕别人拥有多少财富,他拥有了万千财富,获得了金钱所带来的物质享受,获得了很多人的羡慕和赞扬,但是他们付出了太多忙碌和辛苦,少了很多自在的安逸和平凡的幸福。

我们大多数人过的都是一种平凡的生活,而如何将平凡的生活过得津津有味,如何把平淡的人生活得温馨与精彩,这才是需要一个人的能力和智慧,也体现着一种平凡中的不凡,平淡中的超能量。

人生中,我们要面临各种各样想到以及没有想到的局面,也许有困苦、有坎坷,有无数的艰难险阻。生活中有很多的磨难,困苦,误解,是是非非。但是,这些都不是我们抱怨的理由,正是因为这样,生活才磨炼了我们,也锻炼了我们。即使是人生百态,品尝一下,也是一种丰盈。正是因为这样,我们才有了进步和成长,才让我们懂得生活的意义。在这条路上,我们不需要后悔和失意，因为，每个人的人生都不会是完美。面对挫折，我们必须从容，面对过去，我们不能沉溺。未来的路上，无论是阳光雨露，还是风雨兼程，我们都要笑对人生。

我们每个人都是一道独立的风景，我们欣赏别人，其实别人也在欣赏着我们。每个人，也许在任何时候都有不满足，也有很多时候是为了爱别人而没有了自己。人生短短几十年，在活得不是太自私之外，还是应该好好爱自己。当明白这个道理之后，可能一下子看开了很多。人生不易，最应该好好珍惜自己。

过简单的生活，做简单的自己。因为简单就是快乐，简单也是一种美丽。生活告诉我们，我们的心态决定着我们生活的模样，简单、释然、快乐、淡泊、平静，这是最好的生活态度。

我们每个人都有自己的故事，也有自己的心结。每个人都有自己的梦，也有无法释怀的真情。这一路上，我们从来没有忘记追求，无论是优越的生活，还是美好的爱情。但是，无论是生活还是爱情，都没有尽善尽美，也许正是因为有了遗憾，才有了灵魂世界里美好的梦想与向往。

这一路上，我们一直边看风景，边感慨人生。人生，的确是一本翻不完的书，而且这本书，时刻都在更新。用真情书写，那就是一本有情有义的故事书。我们，既要有尊严地生活，也要幸福快乐地生活。

珍惜当下，珍惜情意，让我们淡泊人生，宁静心怀。好好生活，好好爱！

生命，也是一种漫长旅行

生命，其实也是一种旅行，而这个旅行，只不过是漫长了一些，需要几十年甚至上百年的行程。

在生命的长途跋涉中，我们会遇到很多人，有帮助我们的人，也有诋毁我们的人，有爱我们的人，也有恨我们的人。有亲人，有爱人，有家人，有朋友，有贵人，有君子，当然也有小人。

无论遇到什么样的人，他们都是因缘而来的，我们都应该珍惜。他们能在我们短短几十年的生命中与我们一同走过，都是一种缘分，只是扮演了不同的角色而已。爱我们的人，给了我们温暖与真情，恨我们的人，教会了我们大度与宽容。正是因为有这些不同的人，才让我们懂得生命的精彩。

在生命的旅途中，我们有成功，有失败；有欢喜，有忧愁；有快乐，有痛苦；有真情，有虚伪；有善良，有残忍；有美好，也有丑恶。

无论遇到怎样的境遇，我们都要不气馁、不抱怨、不后悔、不逃避、不放弃！都应以阳光和微笑迎接明天，以善良和正义面对人生。

我们都是凡人，可能在最初遇到挫折时会不知所措，遇见失败时垂头丧气，感到受伤时暗自忧伤，面对虚伪时我们伤心绝望……可是当我们一路走过来，回头看时，原来，生命之所以坚韧而美好，之所以精彩与辉煌，正是因为这一路上，我们经历过风雨，感受过阳光，锤炼过韧性，承受过伤痛，所以什么样的风景，在我们眼里，都是一种美丽与升华。

我们都怀着一颗纯粹的心灵来到这个世界，毫无私心杂念地来到世间，只是旅途中随着时光的延长，伴着人生阅历的增加、人生路上的沧桑，我们的心

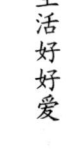

变得不再是当初一样的纯净。正是因为有了那些不同的情感感受和体验，才让我们知道人生的不易，才明白幸福理当珍惜。

　　任何人生命里的一场旅行都不是一帆风顺的。顺境和逆境都是生命里一道风景。好好热爱生命，就是走好了生命里的这场盛大的旅行！

爱与爱情

一

无论是白天多么忙碌,还是半夜两三点钟,你说话的时候,能在第一时间责怪着你并且还在回复你的那个人,是你生命里值得珍惜的人。

很多人一辈子也遇不到这样一个人,有的人遇到了却又失之交臂。

如果你遇到了,一定好好珍惜,因为那是一辈子的知交。

不要等到失去了,才明白它的珍贵。

二

一直觉得那份失去是别人的原因,其实,那是习惯了自我解脱的一种思维模式。

而今想想,还是当初没有珍惜。

有些东西失去了就永远不会回来,即使再次拾起,也不再是当初的模样。

三

生命里有没有那样一个人,他是你一生的痛点。无论是在不经意对过去的一个回眸瞬间,还是特定的一个描述场景,又或是一首曾经反复吟唱的老歌,一句有意或者无意的小小暗示,都会让你泪流满面。那个人,你肯定恨着,怨着,也爱着……

其实,那份爱可能已经和那个人再无关联,因为那已经是一个人的爱。

那个人是幸福的。

也是不懂珍惜的。

四

写文字的人都有一种悲情色彩，其实，他们可能是世界上最孤独的人。

因为没有人理解他们的内心世界，没有人懂得他们孤独寂寞。

三毛是孤独的，在她失去荷西十二年后，却依然还是选择了自杀，是因为无论多少人在她身边，她的心还是孤独的，是煎熬的，她没有依靠，没有她想需要的那种温暖。

张爱玲是孤独的，她和胡兰成只有三年的爱情，但她却孤独了一生，临终时都是一个人孤独地离开这个世界……

爱的字眼里，写满了孤独。

五

关于爱和爱情，爱是一个人的事，爱情是两个人的事。

爱是一种无私的付出，是不求回报的一种精神给予。

两个人彼此相爱才有爱情，爱情有一定的时间长度才能称之为爱情。

爱着，也许那个人并不知道所有的一切，也无须表达和告知。

爱情，是两个人心心相通的相互感知，无论是缠缠绵绵，还是死缠烂打，都是一份美好的情感。

爱比爱情更伟大。爱情比爱更温暖。

六

相比爱和爱情，更愿意拥有一份天长地久的爱情。

有的人，可以有爱，但是，也许一辈子都不会拥有一份真正的爱情。

爱情是可望而不可即的，在对的时间遇到对的人才会拥有爱情。

爱情不一定轰轰烈烈，相濡以沫的两个人，平平淡淡地生活，也已经是一份爱情，只是感觉不到罢了。

珍惜吧，如果你拥有了那份爱情！

我会习惯没有你的孤单

突然有一天,我发现,你冷落了我。于是,我也开始冷落你。

开始只是一种疏离,一种赌气,一个不经意。

可是,这种关系却随着时间的拉长在改变,在恶化,而且相互之间越来越冷。

于是,彼此之间那种默契与熟稔的关系就在这样不是刻意、不是故意中慢慢淡化、慢慢远去,慢慢消失。

其实,什么事情都是一种习惯。一直以来,习惯有你的陪伴,习惯你的存在,习惯你的牵挂,习惯你的关心,习惯有你的每一天……

当然,我也会习惯没有你的孤单,习惯没有你的关注、没有你的关心,习惯你不再出现在我的视线,习惯你默默地离去、淡淡地忘记……

慢慢地,淡了。渐渐地,忘了。世上的事就是这样,当一个人忽略你时,不要伤心,每个人都有自己的生活,谁都不可能陪你一辈子。哪怕曾经最在乎我的你,走了,散了,我依然会微笑着坦然面对。

高估自己在别人心里的位置,其实这是一件非常尴尬的事情。不过,我们努力了,珍惜过,问心无愧,便好!

人和人之间就是一份情,一份缘。你珍惜我,我会加倍奉还。你不珍惜我,我一样可以学会淡若清风。

当然,做人不能太刻薄,但是也不能没有原则地原谅,甚至失去尊严。要自爱,自尊,还要有着不能触犯的底线。

相处,就是一种习惯。爱与不爱,也是一种习惯。当一种习惯被破坏了,曾经的一切,就不存在了。

每个人的一生都是一部真实演绎的电视连续剧，也许很长时间以来，那个人一直是自己生活的主演。但是，而今，那个人不在了，已经属于过去了，那么以后的剧情，他就不会出现了。

但是生活还是要继续，让自己，做生活的主演！

不要伤悲，也不要遗憾，因为我们每个人都是一边走，一边流泪，一边失去，一边学会珍惜。

爱情与婚姻

古时对婚姻已有记载，东汉班固等编撰的《白虎通》说：婚者谓昏时行礼，故曰婚；姻者妇人因夫而成，故曰姻。

曾经相爱的两个人走到一起，用一纸婚书使两个人相守相依，直到终老，感觉这也是一辈子浪漫的事情呢。

爱情固然甜美，也有着风花雪月的情调，但是再深刻的爱情，没有婚姻这个事实，终让人觉得有些遗憾。没有婚姻作为屏障，总使人感觉不是最好的结局。

有爱情的婚姻有可能幸福，没有爱情但有感情的婚姻也不一定不幸福。多少年来，很多夫妻没有经历过爱情的长途跋涉而直接步入婚姻殿堂，但是，在匆匆岁月里，也有争争吵吵，有过伤心，有过伤害，但是两个人依然相依相伴，不离不弃，他们用真情和温暖共同支撑一个家。

爱情可以是轰轰烈烈的战场，婚姻却一定是平静如水的小河。爱情可以是死去活来的分分合合，婚姻却是相濡以沫的柴米油盐酱醋茶。爱情是浓厚干烈的红酒，余味深长，也会伤人伤心伤身体，婚姻却是清澈透明的白开水，不是那么甘甜，平淡无味中有着平和与宁静。

爱情是想个人的事情，是一种美好的情感。爱情，是两个人心心相通的相互感知，无论是缠缠绵绵，还是死缠烂打，都是一份美好的情感。爱情可以吵得天翻地覆，但是转脸就会握手言和。爱情会嫉妒会吃醋会眼里不容沙子，爱情是一句话就哭了，一个动作就笑了。爱情有时是好笑的，但也是美好的。

婚姻是一种责任。婚姻，只是比爱情多了许多必须承担的义务和责任。对家庭，对孩子，对老人，对亲人以及夫妻之间都有了一种不可推卸的责任。这份责任，是沉甸甸的，也是一生要付出的辛苦。

爱情是两颗心真诚的相守，无论是相隔千里，还是近在咫尺，两颗心没有距离，经得住时间考验的，才算是真正的爱情。不是说爱了一个人就拥有了爱情，也不是说一生中爱了多少次就懂得爱情，爱情是时光深处开出的花儿，感情越深，越纯粹，时间越久，越醇厚。

婚姻是一种陪伴。大多数的人婚姻，没有山盟海誓，没有荡气回肠，只有细水长流的默契，相濡以沫的真情。时光荏苒，岁月如梭，可是就是这样平凡普通的两个人，平平淡淡地生活，彼此相互照顾、相互依赖，在岁月里滋生出信任与依托的光芒。

爱情是一种执着的情感。爱情一般很辉煌，也很热烈，是多少人可望而不可即的期待。有的人一辈子可能都遇不到一个可以为之付出所有而称之为爱情的人。爱情之路艰辛，付出很多情感，可是不一定有结果，也许永远在心底，一辈子都不能够在一起。所以说爱情也残酷而绝美，也许正是这种凄美，才让有的人九死一生，心甘情愿地相信爱情。

婚姻是彼此的搀扶，这一路上，两个人过平淡的日子，这一路走下去就是几十年，这期间会有无数幸福的时光，但是也有那么多的坎坷与挫折，甚至有我们想象不到的痛苦与磨难。在这种时候，两个人会一同携手并肩，风雨兼程。

爱情，是自由心灵的情愫表达，也是天荒地老式的浪漫情怀。爱情可以山盟海誓视死如归地打持久战，也可以一个赌气两个人就永远再也没有回头。

婚姻，不是一件衣服，旧了换新的，破了不要了，它是一层薄薄的包裹着情感的棉絮，冷了，可以御寒，痛了，可以温暖！不可以任意地点燃，不能任性地揭开。婚姻不同于爱情，爱的时候耳鬓厮磨，不爱的时候转身离开，它是经历了时间、经历了风雨、经历了患难的一座里程碑，它无声胜似有声，它情真无须多言，任凭风吹雨打，它依然不倒，尽管百态人生，它傲然不动，这才是婚姻里的爱情，爱情中的婚姻！

我还是提倡婚姻，因为婚姻不是失去了自由，没有了自我。两个人完全可以还有独立的性格和自己的空间。他可以作画，你可以写诗，他可以在客厅看电视，你可以在书房里看书，他有他的爱好和朋友，你有你的喜爱和圈子。有相对独立的时间和空间，也可以一起下个馆子漫步街头消磨时间，慢条斯理的生活就像坐在摇椅上，摇啊摇，不小心就摇出了地老天荒。

没有婚姻的爱情是残缺的爱情，没有爱情的婚姻是遗憾的婚姻。

拥有爱情的婚姻更为完美。

翻过那道心墙，满是美好与阳光

有些东西，伤过，痛过，肯定不敢再轻易碰触。即使再有人来了，也是在不对的时间遇见了，再也不能一见倾心，亦不能长长久久。

心里有些怕了，之所以怕，只是怕再次受到伤害。因为那是一颗玻璃心，虽晶莹剔透，却极易破碎。

因为曾经受伤，所以为自己披上一层保护膜。尽管淡然微笑，却从来没有人知道，微笑的背后却是一颗千疮百孔的心，淡泊与沉静都是历经磨难后的凄凉与沧桑。

有的感情，轰轰烈烈而又刻骨铭心，就像年轮一样雕刻在树上，时间越长，越深刻。那份感情，即使不会再有未来，但也一直是生命里神圣的情感。

只有自己深深知道，无论未来多么遥远，无论经历多少年，也许，以后的情感里，再也达到不了那个顶峰。

因为一个人的能力、经历和感情的输出是有限的，人生这短短几十年，没有多少青春年华可以虚度，没有多少时光任我们挥霍。

然而，即使过去再如何美好，还是要好好面对现实与未来。

于是，告诉自己，不再执拗，不再回望，不在执着。有时候，执着也是一种自寻伤害。其实，很多时候，不想放手，不是舍不下别人，不过是舍不下自己。

也许在某个瞬息间，会突然发现，曾经的那个至关重要的人，与自己再无关联。就如曾经自认为轰轰烈烈海誓山盟的爱情，在一个不经意间，各奔东西。开始想不通，后来才知道，原来，那只不过是人生旅途中必须要经历的一个劫难。这个劫难过去了，你就会将一切看透，才会真的露出真心的笑容。

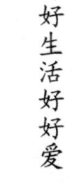

不爱了，就是不爱了。哪怕那么多年，只当是渡劫。当你真的放下了，原来眼前一片春光明媚。

一直以为那是最真最刻骨的情感，永远不可能舍弃。放下了，才知道，那不过是放下了忧郁和伤痛，只不过是丢下了雾霾和伤害。这对于自己来说，何尝不是一种幸福与快乐的开始呢？

走过去了，才发现，原来自己与外面的世界一直隔着一道厚厚的墙，那道墙，只不过是自己心灵固守的堡垒，不过是自己不愿意迈过去的坎儿，等到自己翻过那道城墙，才看到了城墙外面蓝蓝的天和温暖的太阳。

翻过那道心墙，满是美好与阳光。

让阳光的情意温暖每个日子，将幸福继续

> 每一朵花，都是春天的眼睛，只要爱，就能看到它在微笑。
>
> ——题记

我爱阳光，爱阳光般的温暖，每当霞光轻轻地拂过我的脸，她就像岁月的手一样，让薄凉的心变得安暖。我知道，阳光对待我们每个人都一样，我用纯美的心情看她，这个世界就是一幅幸福美好的模样。

喜欢温暖的情意，每个人都有一个小小的港湾，那是一个安放温情的地方。我喜欢将那些回忆，那些美丽，那些风景以及那些真真切切的念想放在他人无法触摸到的地方，每当安静的时刻，轻轻地捡拾那些时光深处的暖，那点点滴滴的情意，就会在心灵深处，悄然地盛开成一朵美丽的花儿。

这朵花儿，芳香着我每一个平凡的日子。它用五彩缤纷的清香，把梦的种子，播种在春天厚重的土壤里，将心中的希望，开放在樱花摇曳的枝头，在春风春雨里，吟唱那首地老天荒的歌。

掬一抹时光的锦，爬上用心堆砌的城墙，在这个春暖花开的日子，播撒一份宁静和暖香。

翻开记载着岁月的日记，默默地还原着以往走过的痕迹，眼睛忽然变得有些潮湿。细数着那些酸甜苦辣的日子，那诗一样的时光，那花儿一样的清香，那悠长悠长的雨巷，长过了记忆，长过了月光，长过了黄河和长江！

时光深处的似水年华啊，依然是那么纯净和洁白，依然是那么执着和闪光。

那时，我们趟过清澈见底的小溪，流连小家碧玉的江南，徜徉碧草连天的山野，醉意一望辽阔的草原……我们的默契，是"晓梦无多路、细雨问斜阳"；

我们的相知，是"才下眉头、却上心头。"

那时，我们的情意，就是一树一树的花开，每一朵花，都铭刻着我前世殷殷的期待。每一片叶子被微风吹动，都是我亲手串起的风铃，每一缕和煦的阳光，都铭记着温馨与美好的感动。

那时，我在，于你，就是守望。你在，于我，就是天堂。

而今，我依然爱那一个个阳光的日子，爱这温暖的情意，爱那诗一样的岁月，还有你带给我无边的幸福与欢笑。

我看见，绿水依旧，青山依旧！情意依旧，人依旧！

在今后的岁月里，让我们含着微笑走过春夏秋冬，用淡定、从容、乐观点缀生命的色彩，让阳光温暖我们今后的每个日子，将幸福继续！

感谢自己

突然有一天，面对已过四十的自己，忽发感慨，那么想对自己说：谢谢自己。

真的感谢自己，这些年，过的不是很辛苦，却也是一步一步走得踏踏实实。没有惊天动地的丰功伟绩，却也喜忧参半，有滋有味。

感谢自己，经历了人生的酸甜苦辣，依然真诚地生活。即使看过人心险恶，却最终没有失去做人的那份真。

感谢自己，一路风雨人生，即使一边流泪，一边放弃，却终归没有忘记微笑。

生命里终归会有一些东西不属于自己，有些人，终是无法挽留，有些事，永远得不到答案，无论怎么样的伤痛和离别，终于学会了淡泊释然，笑对人生。

感谢自己，历经风雨，懂得了珍惜。

经历磨砺了我的性格，阅历丰富了我的人生。面对是非功过，不再计较得失，面对聚散离合，不再强求和任性。不用重新来过，也已经懂得：这一生，一定要好好爱自己。

感谢自己，不怕孤单，面对挫折，依然勇敢。

有些路，必须一个人走，有些困境，只能一个人走出来。

感谢自己，在人生的低谷，没有放弃。

人生不易，终于懂得：生命不仅仅只属于自己一个人，还有着责任和使命。哭过笑过，都是生命的一种丰盈。

感谢自己，面对未来，依然拥有梦想和希望。

人生的路上，看到过各种风景，遇见过形形色色的人，自己跌倒过，失败过，但是，从没有对人生失望，依然心存感激和善良。

　　感谢自己，用自己喜欢的方式过着自己想要的生活。在自己的一片天空里，活得幸福和知足，过得精彩与快乐。

　　感谢自己，忽略了忧伤，忘记了年龄。心，依然年轻！

经历了才知道

经历了才知道，人生有许多风景，我们已经错过。

错过，其实也是一种美，时隔多年，当我们回忆起曾经斑驳的青春，回忆起那些擦肩而过的人，回忆起那年那月留下或深或浅的足迹，知道这些错过的风景在我们的生命里或多或少留下一些遗憾，不经意的转身，成就一个相忘江湖。

幸亏当年的错过，我们都有了如今这样的人生。经历了才知道，因为那一场错过，才拥有了生命里最单纯而静美的情愫。

青春里的错过，是生命里一朵最纯美的花……

**

错过是一种遗憾。经历了才知道，生命里许多遗憾，也是一种美丽。

你看到飘零的落花有吗？它轻轻飘落的花瓣是不是惹了一地的忧伤？它会为自己短暂的一生而惆怅吗？它会为自己春花凋零而遗憾吗？它没有，它依然洒脱轻盈地落下，这种凄凉厚重的美，是不是心灵深处的一种震撼呢？

一生中，会有一种遇见，让你刻骨铭心，然而，那注定是一场相忘江湖的凄美。生命里能有这样一场注定相遇，即使不能相依相守，但是能在一尘不染的疼惜里共渡红尘，能在透过烟火的等待里彼此相望，已经是岁月里的一种盛大遇见。即使遗憾，也不曾遮挡惺惺相惜的超脱之美。

遗憾的人生是丰盈的，是充满梦想与希望的。

经历了才知道，遗憾，是一种非常美丽的情感。

**

千帆已过，晚舟已停。经历了才知道，万水千山走遍，那些一起走过的日子，才是最感动的诗篇。即使没有海誓山盟，却在平淡的岁月里感受出有一种情愫叫大爱无言。

弱水三次，只取一瓢。经历了才知道，生命里能遇到一个与自己相依相守不离不弃的人是多么的珍贵。在岁月的长河中，陪着自己慢慢老去，即使白发苍苍的时候，心，依然年轻，最美的年华依然在栀子花开的季节里开放……

经历了才知道，我之所以幸运，不是在最美的年华里遇到你，而是遇到了你，我才拥有了最美的年华……

**

经历过才知道，金钱地位权势美貌都是浮云，拥有健康、拥有一种平静的生活，拥有一颗蓬勃向上的心灵才是最珍贵的。无论贫穷还是富有，无论坎坷还是磨难，拥有挚爱的亲人和爱人，没有别离与伤害，没有疼痛和战争，不管逆境和顺境，都在人生的岁月中，都是彼此生命里最深情最温暖的旅程。

经历了才知道，做一个阳光而温暖的人，不是为别人，只是为美丽自己的心情。可以素雅轻装，也可以鲜衣怒马，以优雅的心面对尘事，以轻松的姿态真心生活。在繁华的世界背后，笑对风云变幻，静观百态人生。

经历了才知道，万水千山，无谓浓淡，沧海桑田，无畏病痛。

经历了才知道，淡泊足以沉静，简单足以美丽。

**

身处喧嚣，我们实属无奈，我们来到世间几十年，已经不易。经历了才知道，很多事情不能重新来过，所以，过去的就让它过去，放下才是一种境界。将过往沉淀在心底，装帧成一幅清秀的山水画，抬头时，风轻云淡，低眸时，笑如春风。

经历了才知道，幸福源于感恩，善良才是根本。

经历了才知道，少一分伪装，多一抹真诚，怀一颗宽宏大爱的心待家人、朋友、世人，体会平实与厚重，感知平凡与静美。

经历了才知道，善待生命，善待他人，善待自己。

经历了才知道，好好生活，好好爱！

幸福，一直就在路上

我们一直在幸福里寻找，一直在幸福里跋涉。我们总是一味地追寻，忘记停下脚步，去更好地体味生活。其实，只要我们不退却，幸福抬头可见，而且已经很多很多。

有人说：真正的幸福是不能描写的，它只能体会，体会越深就越难以描写，因为真正的幸福不是一些事实的汇集，而是一种状态的持续。幸福不是给别人看的，与别人怎样说无关，重要的是自己心中充满快乐的阳光。

幸福是无言的。靠语言建立起来的感情和幸福是沙滩上的高楼，经不起风吹雨打。幸福是美丽的，有阳光雨露，花儿才会绽放。

一直处在幸福里的人，可能自己体会不到幸福的味道。我想幸福就是一种无法言说的情愫，是一个酸甜苦辣的集合，是一份只能意会不能言传的感受。

幸福是细细的聆听，幸福是悉心的诉说，幸福是静静地等待，幸福是心灵的色彩。幸福是花朵，是云霞，是一种心甘情愿。幸福如草，似花，若云，像树，像石，就算风吹雨打，也不在乎，只要怀有一颗充满坚定不移的心作火把，哪怕燃为灰烬，哪怕倾其所有，也是我愿意！

幸福，原本就是安放在生活里的一枚枫叶、一本厚重的书。把书页，折叠成一句珍重，悬挂在明月的心中，那是一种冷凉的温情；把枫叶，幻化成一个梦境，珍藏在天使的翅中，那是一种幸福的欢愉。

幸福是一抹微笑，是温情满城。幸福是一种美，如一朵盛开的白莲，开在清池湖畔，开在有爱的心间，纯净明丽，澄澈晶莹。

在与你同行的路上，微笑与我一见钟情。我想，在你心灵深处，一定是我微笑时最美，就如美好的琼浆，甘甜着生命的活力。我的微笑对于你，对于我，

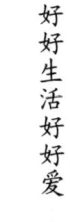

我想都是一种无法言喻的幸福。这一定是倾城的微笑，延长着一份幸福的感觉，为了这份幸福，我愿献出我的全部热情，献出我如今美丽的容颜、成熟的韵律、澄澈的心扉，以及厚重的希望，乃至将来我绝色的黄昏、苍老的皱纹、孤独的灵魂和唯美的诗行。

微笑，洋溢在嘴边，多少期待，幸福万千。

幸福是一种想念和被想念，相互想念更是一种幸福。

遥望无边的星空，你注视着我，我凝视着你，跨过那遥遥的星河，听一曲爱的传说。流年里，我已经将心，安放在有你的那边，时光已经沧桑了我的容颜。我一次次地遥望远方，我的目光穿越千山万水，穿越时空的尽头，把我的思念传递给你的眼睛，传递给你的心灵。我看到一双深邃的眼睛，看到那深沉的眼神，那份期待，那份疼惜，看到最深最真的那种情。

幸福是一生的陪伴，这是一种流泪的幸福。

最幸福事情，不是你开心的时候陪你笑，而是你流泪的时候那个人在陪你哭；最幸福的事情，不是海誓山盟的灿烂，而是你受伤时那个人是那么的沉重与疼惜；最幸福的事情，不是轰轰烈烈的爱，而是每天那个人与你分享喜怒哀乐的点点滴滴！

总有一天，我们都会老去，我们是不是还能够记得那些透着岁月馨香的日子。多年后，当我们老的时候，我依然会记得，你走进过我的生命里，我想那时，我会不会泪流满面呢？

幸福是细碎生活的一朝一夕，哪怕是粗茶淡饭，只要我们用真心去体会，用真情去感悟，幸福，就会像花儿一样时刻开放在我们身边。

幸福其实很简单，简单到你随处可见，幸福就是一个关爱、一个眼神、一个拥抱、一个祈祷；幸福就是一篇美文的静谧，是一杯香茗的惬意，是牵手看海、听风沐雨的闲逸。幸福是亲人的一声切切呼唤，是爱人的一个会心微笑。只要你用心倾听，用眼睛去看，只要你抬头望望蓝蓝的天，看看洁白的云，原来世界是如此的清澄美好，这，都是一种幸福。

每个人都渴望幸福，在岁月的深处，回望一路的风景，或浓或淡，或深或浅，或喜或悲，皆是幸福。因为美好始终在前方，所以，幸福，一直就在路上。

给生活一份挚爱

时光流逝，年轮在记忆的黑白胶片上涂抹了一道又一道痕迹。时光荏苒，我们蹚过岁月的河，挡过季节的风，看过蓝天上云卷云舒，感受季节深处的花谢花开……

我想，一朵花，它在绽放与凋零的过程中，留给我们最美丽的色彩和记忆，如一阕婉约清香的唐诗宋词，千年不朽。即使花瓣辗转成泥，花香不会飘逝，她的美，在春色满园的眼眸里，在生如夏花的骨髓里，在一叶知秋的血液里，在冬日暖阳的灵魂里。这就是花儿对大地的热爱、对根的情意，她让大地永恒、让芳香永恒。

一朵花尚且如此，更何况我们有血有肉有感情的人呢？

其实，不管有没有经历过，无论是年轻还是年迈，都没有理由不对生活多一份挚爱。给予生活一份挚爱，会发现生命美丽多彩，也会感到幸福无处不在。

人生中有许多辛苦和无奈，需要我们化解消除。生活中有许多坚持和固执，需要我们变换思想。面对聚散，随缘随愿，珍惜就好。我们不宜用平庸的眼睛，解读生命的繁花似锦；不能用低沉的风声，聆听人生真实的疼痛。给生命一份挚爱，生命和梦想才会永远年轻。

给生活一份挚爱，人生本来就公平，必须自己努力，才能改变命运。真实而幸福地生活，不必过分伪装，更不要遇到挫折就颓废堕落。奋斗过，拼搏过，就无怨无悔！得之，我幸；不得，我命。

给生活一份挚爱，漫步在人生的旅程中，将心中所有的美好系在风铃上，让它随着季节的风奏响生命的乐章，时间是生命的元素，价值是生命的尺度，让我们用冰清的思绪，用真诚和爱心、信念与奋进编织未来的梦和多彩的人生。

给生活一份挚爱，岁月是朴素、自然的，生活是平淡、真实的。朴素的岁月如白驹过隙，稍纵即逝；真实的生活如微风细雨，有悲有喜。面对时光流逝，不卑不亢；面对岁月沧桑，不离不弃。

人生几何，且行且歌。远离忧伤，忘记苦涩，把棉质的情意酿造成蜜，只为给生活注入鲜活的快乐！

给生活一份挚爱，当幸福在时间的河流上远航，来自心底的甘泉会洒下一路的芬芳。让我们一路笑语，一路欢唱，岁月的河流会向着阳光生长，生命之舟会执着地划向那片蔚蓝的幸福海洋！